ふうらい同心 日暮半睡《ひぐらしはんすい》

◆

西川　司

JN034917

コスミック・時代文庫

この作品はコスミック文庫ために書下ろされました。

目次

第一話　夜鷹《よたか》が哭《な》いた夜

一

天明四（一七八四）年、皐月《さつき》半ば――。

亀次郎《かめじろう》が、本所長崎町《ほんじよながさきちよう》にある呉服商「近江屋《おうみや》」から一歩外に出ると、外はすでに黄昏色《たそがれいろ》から夜の闇へと移ろいつつあった。入梅が近いのだろう、ぬめっとした生温かい風が頬をなでた。

夜空に目を向けると、大根を薄く輪切りしたような月が白い明かりを放ち、江戸の家々の瓦《かわら》屋根を照りつけていた。

近江屋で厄介《やつかい》な用事を済ませた亀次郎は、一刻も早く自分が営んでいる仙台堀《せんだいぼり》端《ばた》にある船宿「大黒屋《だいこくや》」に帰ろうと足早に歩を進めた。

「ねえ、ちょいと」

手ぬぐいを吹き流しにかぶり、左手に茣蓙《ござ》を抱えた女から声をかけられ、空いた右手で袖《そで》をつかまれたのは本所入江町《いりえちょう》に入ったときのことである。

よく見ると、二十六、七の年増《としま》で化粧っ気のない女だった。着物は地味ではあるが、こざっぱりしていて、顔立ちもなかなかの美人である。

「五十文でいいからさぁ……」

このあたり一帯には、女を蹴転《けころ》ばすようにして遊ぶということから「けころ」と呼ばれる岡場所がいくつもあるばかりでなく、すぐそばを流れる大横川《おおよこがわ》の土手は夜鷹の巣窟《そうくつ》で、日が落ちれば、こうして体を売る女が徘徊《はいかい》するのである。

それにしても五十文といえば、けころの半値だ。安過ぎる。そのうえ夜鷹には違いないが、物言いがひどくぎこちない。どこぞの長屋住まいの女房が金に困ってやっているのだろう。

「おめぇさん、見たことのねぇ顔だが……」

亀次郎が懐《ふところ》に手をやるや、女は一瞬、引きつった顔を見せたが、すぐに強張《こわば》った愛想笑いを浮かべ、走るようにその場から逃げていった。

「困ったもんだぜ……」

去ってゆく女のうしろ姿を見ながら、亀次郎は思わず独り言をつぶやいた。女が逃げたのは、四十になる亀次郎の顔がごつくて怖いとか、風体《ふうてい》が怪しいというわけではない。着ている着物も丁子茶《ちょうじちゃ》の子持ちの小袖に、八反掛《はったんが》けの縦横縞の帯をしめて、裏付きの草履《ぞうり》を履《は》いている。どこから見ても、小金を持った実年の遊び人にしか見えない。

であるのに、なにゆえ女は怯《おび》えた顔を見せて逃げたのか――亀次郎は本所深川《ふかがわ》一帯を仕切っている古手の岡っ引きで、懐に手をやって中に納まっている十手《じって》をちらりと見せたからである。むろん、町々に「親分」と呼ばれる岡っ引きはたくさんいる。しかし、お上から正式に手札をもらっているのは亀次郎だけで、ほかの岡っ引きたちから一目も二目も置かれているのだ。

岡場所も夜鷹も、むろんご法度《はっと》なのだが、世は田沼意次《たぬまおきつぐ》という何事にもおおらかなご老中が、ご政道を取り仕切っているご時世で、公儀はそれらを黙認している。

お上が目をつむっているのだから、よほど目に余る出来《しゅったい》がないかぎり、お上の手先である岡っ引きが目くじらを立てて取り締まることもないのだが、かといって殊更《ことさら》いい顔もまたできない――故に、つい「困ったもんだぜ」とつぶやいてしまうのである。

亀次郎が船宿、「大黒屋」に着いたのは、暮れ六つ半（午後七時ごろ）だった。格子縞の着物に襷《たすき》がけをして、客に膳を運ぼうとしている女房のおりくに、「今、帰《け》えった」と伝え、二階に顔を向けて「いるかい？」と目で訊《き》くと、おりくは足を止めてにこりと笑みをみせながら、こくんと頷《うなず》いて、足早に客のいる部屋に向かった。

「旦那《だんな》、ただいま帰《け》えりました」

階段を上がっていった亀次郎は、襖《ふすま》の向こうにいる日暮半睡《ひぐらしはんすい》に声をかけた。

「ああ。亀さん、待ちくたびれて、先に一杯やっちゃってます。入ってください」

半睡の明るく、飄々《ひょうひょう》とした声が返ってきた。

「へえ——」

亀次郎が襖を開けると、

「おとっつぁん、お帰んなさい」

とても四十を越えているようには見えない、錦絵から飛び出てきたような優男《やさおとこ》の半睡と向き合って座り、お銚子を手にして酌《しゃく》をしようとしている娘のおまきが、顔だけ向けていった。

娘というものは、たいがい見目形が父親に似るものだが、十六になるおまきはごつい顔をした亀次郎にまったく似ておらず、桜の花びらのような肌にくっきりとした瞳の美しい娘だ。着ているものも、黒襟《くろえり》をかけた半四郎鹿《はんしろうか》の子《こ》の小袖から派手な京友禅《きょうゆうぜん》の腰巻がちらりと見えて粋《いき》である。

「おまき、おめぇ、旦那にお酌なんかしてねぇで、おっかさんの手伝いをしたらどうなんでぇ」

亀次郎は憮然《ぶぜん》としていった。

「あら、おっかさんが、おとっつぁんの帰りが遅くなりそうだから、半睡さんのお相手をしてあげなさいっていったのよ」

と、ぷぅっと頬を膨《ふく》らませた。

「は、半睡さんて、おまき、おめぇなぁ、この方をなんと心得て――」

亀次郎が、こめかみあたりをひくひくさせていうのを止めるように、

「亀さん、あちきが、そう呼んでくれって頼んでるんですからいいじゃねぇですか」

屈託のない笑みを浮かべて、半睡が鷹揚《おうよう》にいった。

「旦那ぁ……」

亀次郎は、すっかり呆《あき》れ顔である。

まもなく四十五になる半睡は、南町奉行所の定町廻《じょうまちまわ》り同心を二十年余り勤め上げ、隠居して一年が経とうとしている。半睡という名は、大黒屋に厄介になったときにつけた号で、本名は慶一郎《けいいちろう》という。

十五で見習い同心になり、二十で亡くなった父のあとを継いで定町廻り同心となって二十年余り、江戸市中を歩き回った半睡の足は、鼻緒《はなお》のあとが石のように固くなっており、足裏にもひび割れした黄色いタコがいくつもできている。

雨の日も風の日も、はたまた雪の日も市中を歩き回り、新陰流《しんかげりゅう》の免許皆伝の腕前を持つ半睡は、南町奉行所一の腕利き同心とまでいわれるようになり、難事件をいくつも解決に導いてきた。時には残忍な悪党どもを相手に斬《き》り結び、危うく命を落としそうになったことも数知れない。

(よくぞ、これまで命落とすことなく、生きてこれたもんだ……)と、半睡は時折思う。

そんな半睡が隠居することを決めたのは、妻の千代《ちよ》が三年前に下腹に質《たち》の悪いしこりができ、それがもとで日に日にやせ衰えていったときからだった。

子宝に恵まれず、いつも江戸の町を忙しく走り回る暮らしをしていた半睡は、千代の命がもう長くないと知ったとき、もっとそばにいて寂しい思いをさせるべきではなかったと心から後悔したのである。

一方、日に日にやせ細っていく妻の千代は日暮家の跡取りを産むことができず申し訳ないと、半睡の顔を見るたびに目を潤《うる》ませて詫《わ》びるのだった。

そんな千代の姿を見るのが忍びなくなった半睡は、少しでも千代の気持ちを軽くしてやろうと、千代の従姉妹《いとこ》の家の十五になる次男の新之助《しんのすけ》を養子に迎え、家《か》督《とく》を譲ることにした。

すると、千代は安心して気が緩《ゆる》んでしまったのか、新之助が来てから一年も経たぬうちに呆気《あっけ》なく逝《い》ってしまったのである。

千代を亡くした半睡は思った。

（悪党を懲《こ》らしめて捕まえ、獄門《ごくもん》送りにしたところで、世の中は一向によくならねえ。そればかりか、千代にいつも寂しい思いばかりさせ、その命を助けることもできない自分は、なんと虚《むな》しい人生を送ってきたんだろう……）と——。

こうして八丁堀《はっちょうぼり》の組屋敷で新之助とのふたり暮らしになったのであるが、その虚しさは一層強くなっていったうえに、双方とも気を使いすぎてしまうようになり、半睡は息苦しささえ覚えるようになってしまった。

　そこで半睡は、千代の三回忌を機に思い切って組屋敷を出ようと決め、長い間苦楽を共にした第二の妻といってよい岡っ引きの亀次郎が営んでいる「大黒屋」の一室に居候《いそうろう》することにしたのである。

五つ下で四十になる亀次郎は、半睡の申し出に戸惑いをみせたものの、反対するどころかむしろ喜んでくれ、女房のおりくと十五だった娘のおまきも快く迎え入れてくれた。

（これからは、勝手気ままなその日暮らしで、一日のうち半分眠っているようなのんびりした毎日を送ろう……）

――そうした思いから、日暮慶一郎は名を『日暮半睡』としたというわけである。

　そんな優男の半睡は、張り詰めた雰囲気を纏《まと》っていた定廻り同心だったときとは別人のように飄々とした性格に変わってしまい、喋《しゃべ》り方も独特になっていった。

　そもそも同心だったころからそれほど伝法な物いいはしなかった半睡だが、隠居してからというもの、暇にあかせて料理茶屋に辰巳《たつみ》芸者を呼んでどんちゃん騒ぎをしているうちに、芸者言葉が移ってしまったのか、いつしか自分のことを「あちき」というようになり、町人とも商人ともつかない妙な言葉遣《づか》いをするようになった。

変わってしまったのは、雰囲気や言葉遣いだけではない。出で立ちも、どこか手に入れてくるのか遊び人風の派手な柄の着物を身に纏い、帯も同心がする博多《はかた》帯《おび》ではなく平《ひら》ぐけ帯なのである。平ぐけ帯は芯の入っていない帯のため、大小二本の刀を差すと帯が緩んでしまう。そのため半睡は、外出するとき二本差しはせず、大刀の柄《つか》を摑《つか》んで刀身を肩に担ぐようにして持ち歩くようになったのだった。

半睡は隠居することは認められたものの、同心としての優れた腕を失うのは惜しいとして、半睡と千代の仲人であり筆頭与力の井上主馬《いのうえしゆめ》から、同心たちの相談にのる「特別臨時同心」という特殊な役職を与えられたのである。

「で、亀さん、近江屋さんとは、うまいこと話はつきましたか」

半睡は、お銚子を手に持って、亀次郎に酒を勧めた。

「あ、こりゃ、旦那、どうも――」

亀次郎は、猪口《ちよこ》を差し出して、半睡に酒を注いでもらうと、

「へえ、おかげさんで――」

といって、ごくりと喉を鳴らし、猪口の酒を飲みほした。

亀次郎が今日、近江屋という呉服商にいったのは、二日前に亀次郎のもとで働く下っ引きの常蔵《つねぞう》が、富吉《とみきち》という男を捕まえたからだった。三十四になる富吉は、近江屋の番頭のひとりなのだが、五日ほど前に店から二十五両もの大金を取逃《とりにげ》、欠落《かけおち》していたのである。

お店者《たなもの》が店の金を盗む、いわゆる「取逃」は、よくあることではあるのだが、十両で死罪だというのに、二十五両とはずいぶん思いきったことをしたものである。

しかし、こうした「取逃」が公《おおやけ》にされることはほとんどといっていいほどない。それというのも、奉公人に裏切られたうえに、刑死者まで出したということになれば、店にとって大変な恥である。そこで「取逃」が発覚した店の主《あるじ》は、なんとか事件をもみ消そうと金に糸目をつけずに手を回そうとするのである。

だが、「取逃者」となった富吉を「大黒屋」に匿《かくま》い、金を盗んだわけを訊いているうちに、半睡と亀次郎の中にある義侠心がふつふつと湧いてきたのだった。

二

富吉は十二のときから呉服商の「近江屋」に丁稚《でっち》に入り、三十四になるまでひたすら奉公に励んできた、真面目を絵に描いたような男だった。

一方、近江屋の主、惣右衛門《そうえもん》はケチでやたらと奉公人たちに厳しく、それに音《ね》を上げていっしょに入った丁稚のほとんどの者が店をやめていく中、富吉は歯を食いしばってがんばってきた。

いつか暖簾《のれん》分けをしてもらえる日を夢見ていた富吉は、やがて手代となり、ついには番頭のひとりとなって近江屋を切り盛りするようになり、主の惣右衛門から嫁をもらった暁《あかつき》には暖簾分けの許しをもらうまでになったのである。

暖簾分けするとなると、その店の主は開店資金や退職金となる元手金、ご祝儀品など一切合切の面倒をみなければならない。大店《おおだな》とはいえないまでも一帯で知らぬ者がいない呉服商の近江屋ともなれば、相当な出費になるだろう。

そして、ひと月ほど前、ついに富吉の前に夫婦になろうと決めた女がようやくあらわれた。

ところが、である。

いざ、祝いをあげようという段になると、主の惣右衛門が富吉の女を囲いたい、女もそれに承知しているといい出したという。

果たして、富吉が女に問い詰めると、

「そんなこと承知するはずがないじゃないの。おまえさんとの祝いのことでいろいろと相談したいことがあるからって、旦那さまに根津《ねづ》の寮に呼び出されて……」

そこまでいうと、女は泣きくずれ、手籠《てご》めにされたことを白状したのだった。

「旦那さまは、そもそも暖簾分けなどしてくれる気持ちなどなかったんだ。そのうえ、女房にしたいという女まで手籠めにするなんて……」

怒りに震える富吉に女は涙ながらに、

「おまえさん、あたしを連れて逃げておくれ。上方にでもいって、一からやり直しましょう。暖簾分けなんてしてもらわなくても、おまえさんならきっとうまくいく。あたしも身を粉《こ》にして働くから……」

と、縋《すが》りつかれ、富吉は決心した。

「で、悔《くや》しまぎれに店の金に手ぇつけて、ずらかろうってぇわけかい」

呆れた顔で亀次郎が訊くと、

「はじめからそんな恐ろしいことなど思いもよりませんでした。ですが、あいつがなんにもしないまま逃げるのはあまりにも悔しい。あたしはあの汚《けが》らわしい惣右衛門に手籠めにされたんだよと、泣きながらいうのを聞いているうちに、わたしもこれまでの長年の恨みつらみがふつふつと湧いてきて……」

そして女と手に手を取って、逃げようとしていた矢先、常蔵に捕らえられたのである。

「富吉さん、あんたが女房に決めた女の名は、なんてぇんですかい」

煙管《キセル》を吸い、口から煙を輪の形にして宙に出しながら、亀次郎と富吉のやりとりを黙って聞いていた半睡が唐突に訊いてきた。

「お富《とみ》といいます。湯島《ゆしま》天神の水茶屋で働いていた女で——名もわたしの一字。見るからに身持ちの固そうな女で、わたしは縁結びの神様が引き合わせてくれたに違いない。女房にするならこのお富しかいないと……」

「ふーん……」

そういったきり、半睡はまた煙管を吸っては、口から煙の輪を出して、なにか考えているのかいないのか、それをぼんやり見ているだけである。

「旦那、どうしたもんですかね」

亀次郎が訊くと、

「亀さん、ちょいと耳を貸してください」

半睡はそういって、耳を口元に近づけてきた亀次郎に囁《ささや》きはじめた。

「へい――なーるほどぉ……え?――あ、へい――」

と、亀次郎は驚いたり、怪訝《けげん》な顔をしたりしている。

そして、半睡の話を聞き終えると、

「富吉、おめぇの話はわかった。近江屋の惣右衛門のこたぁ、あっしもいい噂《うわさ》は聞いたことがねぇ。苦労して番頭にまでなったおめぇが、二十五両もの大金を取逃するたぁ、よほどのことがあったにちげぇねぇとは思っていたが、なるほど合点がいった。なぁに、おめぇを悪いようにゃしねぇから安心しな」

と、優しい口調でいった。

「ほ、ほんとうでございますか。ありがとうございます。ありがとうございますっ……」

富吉は床に額をこすりつけながら涙をこぼした。

亀次郎はひとり近江屋に乗り込んだ。離れの座敷に通され、そこで待っていたのは五十過ぎで、でっぷりと太っていかにも好色そうな脂《あぶら》ぎった顔をした惣右衛門だった。

「それで、富吉めは、いまいずこに？」

事の次第を聞き終えた惣右衛門の物腰は穏やかなものだったが、その目の奥には怒気があふれており、両の手は悔しそうにぎゅっと握りしめられていた。

「安心しておくんなせぇ。あっしの家におりやすよ」

自身番屋にしょっぴけば、家主《いえぬし》や番人たちに知られ、事が公になってしまうから匿ったのである。

「富吉の面《つら》ぁ、拝みやすかい」

惣右衛門は、とんでもないとばかりに首を横に振った。

「そうですかい。ところで富吉は、そのお富ってぇ女にも逃げられやしてねぇ。それでやけくそになって、吉原《よしわら》の藤楼《ふじろう》ってぇ切見世に泊まり込んで、女郎たちを呼び集めて飲めや唄えのどんちゃん騒ぎ。あっという間に、ありったけの金を使っちまったというんでさぁ」

「なんですってっ！　番頭風情《ふぜい》が吉原でどんちゃん騒ぎ!?――」

穏やかさを装っていた惣右衛門だったが、さすがに我慢がならぬとばかりに怒りの声を上げた。

江戸でお上が唯一公認している遊郭、吉原の見世は五つの格式がある。「大籬《おおまがき》」「半籬」「惣《そう》半籬」「河岸見世《かしみせ》」「切見世」の順に格付けされており、その店にいる遊女もそれぞれ格付けされている。

大見世の「大籬」と「半籬」には最上級の太夫にあたる〝花魁《おいらん》〟がおり、「惣半籬」には、〝座敷持ち〟と〝部屋待ち〟。「河岸見世」と「切見世」の最上級の遊女は、〝局女郎《つぼねじょろう》〟と呼ばれている。

花魁ひとりの揚げ代は、昼夜で一両一分だが、花魁を呼ぶとなれば当然のごとく、遣手婆《やりてばばあ》に花魁の妹分にあたる〝新造《しんぞう》〟、それに見習いの〝かむろ〟が最低でも三、四人、さらに若い衆が五、六人ついてくる、いわゆる〝花魁道中〟をする慣わしになっている。

それらお付きの者たちに加えて、妓楼《ぎろう》で働くすべての者たちに心づけを配らなくてはならず、一日泊まっただけでも大金があっという間に消えてなくなるのである。

しかも、ただ大金を持っていけば花魁遊びができるわけではない。吉原には「揚屋作法《あげや》」という独特の決まりがあり、花魁と遊ぶにはその作法を守らなければならない。

まず一回目は、宴を開いて待っている客の品定めがあり、花魁がその客を気に入らなければ、さっさと帰り、気に入れば夫婦固めの盃《さかずき》を交わしてお開きとなる。これを「初回」という。

二回目は、「裏を返す」といって、初回と同じく客は宴を開いて待ち、花魁は最後までそれに付き合いはするものの、酒肴《しゆこう》は共にしない。

そして三回目になってようやく「馴染《なじ》み」となり、箸《はし》を共にして遊ぶことができるという、なんとも面倒なうえに途方もなく金のかかる遊びなのである。

「まぁ、富吉は、さすがに花魁がいるほどの見世には出入りできず、切見世で遊んでたわけですが、それでも何日も泊まり込んで、女郎を集めてどんちゃん騒ぎすりゃあ、手ぇつけた店の二十五両どころか、暖簾分けのときのためにと、こつこつ貯めていたてめぇの金からなにから、みんな使っちまったらしいですぜ」

それを聞いた惣右衛門の目の奥に、微《かす》かに笑いが浮かんだのを亀次郎は見逃さなかった。

（女に逃げられ、貯め込んでいた金もなくなってすかんぴん。ざまぁみろってかあ）

亀次郎が惣右衛門の胸の内を見て取っていると、

「親分、わたしも少しは名の知れた近江屋の主。とにもかくにも店の信用に疵《きず》がつくようなことはしたくない。今回のことは、何卒《なにとぞ》なかったことに――」

さすが商人、惣右衛門は変わり身が早い。その目には、もはや怒りはすっかり消えている。

「どうしてくりょうさんぶにしゅ――てぇとこで、手を打ちましょうや」

亀次郎は、にやりと笑っていった。

十両以上の盗みは、死罪である。富吉は、その倍以上の二十五両もの金を盗んだのだ。だが、奉行所に突き出して死罪となれば、事件の仔細《しさい》が江戸じゅうに知れ渡り、店の信用に疵がつくうえに、なんといっても寝覚めが悪い。

であるからこうした場合、十両ぎりぎり以下の「九両三分二朱」と届けるのがたいていであったことから、昔から、〝どうしてくれよう〟をもじっていうのである。

「親分、では、これをお納めください」

惣右衛門は、はなからわかっていたように懐から金子を包んだ紙を取り出して見せた。きっちりと小判九枚と銀銭で三分二朱が納められている。

　亀次郎は、それを受け取るやすばやく懐に仕舞い込み、早々に近江屋をあとにしたというわけである。

三

「亀さん、なかなかやるじゃねぇですか」

　半睡が整った顔に笑みを浮かべながら、猪口を口に持っていくと、

「うわー、おとっつぁん、悪いんだぁ。賂《まいない》をとるなんて、汚い。汚らわしいっ」

と、おまきは両手で自分の肩を抱き、亀次郎を獣を見るような目でみつめていった。

「おい、おまき、違うんだよ――」

　亀次郎がいい訳しようとおまきに手を伸ばすと、

「汚らわしい手で触らないでっ」

と、亀次郎を睨《にら》みつけた。

「汚らわしいって、おまえ――」

　すると今度は、

「あ、なんだか気持ち悪くなってきちゃった……」

おまきは胸に手を当てながらいった。確かに顔が青ざめている。

「おまきちゃん、大丈夫ですか」

さすがに半睡も心配になって、おまきの顔を覗《のぞ》き込むように見ている。

「おい、おまき、どうしたんだよ、おい……」

どこかに触りでもしたら、またなにかいわれかねないと思っている亀次郎は、ただおろおろするばかりである。

「おとっつぁんの血があたしの体の中にも流れているんだと思ったら、気持ち悪くなっちゃった……うっ、ううっ――」

おまきは、今度は吐きそうだとばかりに口に手を当てて立ち上がり、部屋を出ていってしまった。

「おい、おまき、おい――」

亀次郎は呆然と見送るだけだった。

「亀さん、おまきちゃんは、おもしれぇ娘さんですねぇ」

半睡はさっきまで心配そうにしていたのとは打って変わって、何事もなかったのかのような顔つきで酒を飲んでいる。

「旦那、ひでぇじゃねぇですか」

「なにがです？」

半睡は、ぽかんとした顔をしている。

「なにがですって、あっしは旦那のいう通りにしたまでで、それなのにおまきに汚らわしいなんてまでいわれたんですぜ」

亀次郎は不貞腐《ふてくさ》れた顔つきで、半睡を恨めしそうに見た。

が、半睡はしれっとした顔で、

「あちきは、亀さんに耳打ちしただけで、金をもらってきたのは確かに亀さんじゃねぇですか」

といった。つまり、近江屋での亀次郎の振る舞いは、すべて半睡が命じたことなのである。

「ああ、そうくるんでやすね。汚ねぇなぁ。旦那、そりゃ汚ねぇですよぉ」

亀次郎は、呆れかえり、大げさに驚いた風で身体をのけぞらせている。

そんな亀次郎に半睡は、

「亀さん、ほんとに汚ねぇもんを呼んだほうがいいんじゃねぇんですか」

と、淡々としていった。

「あ、そうだった、そうだった」

亀次郎は額を手でパシッと叩いて我に返ると、そそくさと部屋から出ていった。

四

ほどなくして亀次郎が、匿っていた富吉と富吉の見張り役をしていた常蔵を奥の部屋から連れてきた。富吉は顔から色をなくしておどおどしており、富吉より五つほど年下の常蔵は手柄を立てたとばかりに胸をそらせて堂々としている。

「富吉さん、亀次郎親分が近江屋と話をつけてきてくれたそうですよ。ですが、あちきはあんたは、江戸にはいねぇほうがいいと思うんです。上方にでもいって、やり直したらどうですかねぇ」

長火鉢を挟んで向かいに正座している富吉に、半睡が煙管を口にくわえていった。

「あの、ほんとうになんのお咎《とが》めも受けなくていいのでしょうか」

富吉は声を震わせて訊いた。信じられないという顔をしている。

「富吉、おめぇ、そんなに咎めを受けてぇのかい」

富吉、常蔵と半睡の間であぐらをかいている亀次郎が、苦笑しながら口を出した。

「い、いえ、それは——ただ、なにか罰を受けないと、あとあととんでもない天罰が下るような気がしておそろしいのでございます……」

富吉は、どこまでも真面目で気の小さい男である。

「二十年も身を粉にして働いて、番頭務めをふいにしちまったんです。それで十分天罰が下ったってもんでしょうが」

半睡が淡々とそういうと、それを受けたように、

「お富って女のことも、きれいさっぱり忘れて早《はえ》ぇとこいきな」

と、亀次郎がいったが、富吉は動こうとはしない。まだ、お富に未練があるのだろう。

「あの女は、風食らってどっかへ逃げちまったよ。日暮の旦那と親分が早ぇとこいけっていってんだ。とっとと出ていきやがれ」

常蔵が富吉の胸ぐらをつかみあげ、いい終わると、どんと突き放した。

「は、はい。わかりました。それでは、わたしはこれで——本当にご迷惑をおかけして申し訳ありませんでした」

富吉は、律儀に深々と頭を下げて、部屋から出ていった。

「ったく、手間ぁ取らせやがって。日暮の旦那、親分、あっしも一杯いただいていいですかい」

常蔵は抜け目のない顔をして、猪口を手にしている。

「あちきは、あんたに酒を注ぐ気はねぇですよ」

半睡は穏やかな口調だが、その声音《こわね》にはいつもの明るさは微塵《みじん》もなかった。

「へ？」

常蔵は、きょとんとした顔をしている。

「おい、常蔵、おれは今回の取逃をおめぇが捕まえたと聞いたときゃあ、でかしたと喜んだもんだったぜ」

亀次郎が常蔵ににじり寄るようにしていった。

「へ、へえ――」

常蔵の顔が俄《にわ》かに神妙なものになった。

「だがな、おめぇが富吉を捕まえたのは、池之端仲町《いけのはたなかちょう》の出合茶屋だったよな。しかも、富吉がふらりと出てきたときに、おめぇとばったり出会うたぁできすぎじゃねぇか」

常蔵は、観念したように肩を落とした。

「そもそも富吉がお富と出会ったのは、富吉が得意先回りに出たとき、店の近くでお富が腹を押さえながらあぶら汗を流してうずくまっていたのがはじまりだったそうだな」

亀次郎は、常蔵を睨みつけていった。半睡は所在なげにして、鼻毛を抜いたりしている。

「虫も殺せねぇ富吉は、お富に声をかけ、店に連れていって休ませ、差し込みに効く薬まで飲ませた。お富は礼をいい、名と働き先を告げて帰ぇった。名も自分の一字と同じで、なかなかいい女だ。くわえて所帯を持てば暖簾分けも許すと近江屋の主、惣右衛門からいわれていた富吉は、こりゃあ縁かもしれねぇと、のこのこお富の働く湯島天神境内《けいだい》のふじ乃《の》ってぇ水茶屋に出かけにいくようになった。ところがだ。水茶屋の女たちは、表立ってはやらねぇが、気に入った男がいれば交渉次第で体を売る。世間知らずの富吉は、そんなこたぁ露《つゆ》知らず、すっかりのぼせちまった。無理もねぇやな。金の事なんざおくびにも出さず、抱かせてくれたんだからな。しかも、床上手《とこじょうず》ときてる。となりゃあ、もういけねぇ。富吉は、お富にすっかり溺《おぼ》れちまった。だがよ、その水茶屋のふじ乃には、お富なんて名の女はいねぇんだ。お富の本当の名は、〃みち〃だ。おい、常蔵、おみちは、おめぇがこましてる女のひとりだろうがっ」

「親分、どうしておみちのことを……」

常蔵は目を見開いて驚いている。

「どうしてって、あんたが教えたからでしょうに」

半睡が軽く睨むようにしていった。

「あっしが教えた？」

「そうだよ。ずいぶん前だが、はじめて日暮の旦那とここで一緒に酒を飲んだとき、おめぇがいい女を捕まえた。湯島天神の境内のふじ乃てぇ水茶屋で働いている、おみちって名の女だってな。おれは、すっかり忘れていたが、頭のいい旦那はちゃんと覚えていなすったんだよ」

常蔵は、しまった、とばかりに唇を噛んでいる。

「下っ引きのおめぇは、なにか稼ぎになることはねぇかと、あっちこっちに顔を出して、〃根出し〃してやがるからな。近江屋にも出入りしているうちに、富吉が所帯を持てば、暖簾分けを許すと惣右衛門がいっていることを耳にした。そこでおめぇは考えた。おみちに金をつかませて、富吉と惣右衛門の両方に色仕掛けさせ、仲違いさせたあげく、富吉に取逃させせようってな」

「親分、黙っていたのは悪かった。このとおりです。赦《ゆる》しておくんなせぇ。おいら、ここしばらくいい稼ぎしちゃいねぇもんで、あっちこっちに金を借りてる始末で……」

「常さん、世の中に、ばれない秘密ってぇのは、ねぇんですよ」

半睡は表情をなにひとつ変えることなく、また口から煙の輪を出していった。

「旦那と親分にはばれちまったけど、ほかのもんにはばれねぇんじゃあ……」

常蔵は、救いを求めるように顔を上げた。

「おみちさんがいるでしょうにっ」

半睡が子供を叱《しか》るときのように顔をしかめた。

「おみちは、あっしの色ですぜ」

「この馬鹿野郎。じゃあ、おめぇ、あの女と一生つながってるつもりか？」

「いゃあ、それは……」

「それみろ、この女ったらしがっ」

常蔵は、半睡ほどではないが、なかなか端整な顔をしており、口もうまく、何人もの女を手玉にしている。

岡っ引きの縄張りを〝畑〟ともいうが、その畑から下っ引きたちが情報を仕入れることを〝根出し〟といい、さらに下っ引きが日ごろから手なずけているごろつきや女を使い、金を摑ませて根出しの場所に潜らせたり、探らせることを〝玉入れ〟という。

常蔵たち下っ引きは、おみちのような玉入れに使う女やごろつきを何人か手なずけているのだが、金がなければ手なずけることも玉入れさせることもできないのだ。

「親分――」

常蔵がいい訳しようとすると、亀次郎は遮《さえぎ》るように、

「今回の事件は、おめぇとおみちが勝手に謀《はか》ってやったこった。おれは、その始末をつけただけで、なんにも知らねぇ。違うか」

と、怒鳴りつけた。

「へ、へい、それはおっしゃるとおりで……しかし、親分、あっしの話も聞いてくだせぇよ」

「うるせぇっ。てめぇのいい訳なんざ、聞きたかねぇっ」

亀次郎の怒りは収まりそうもない。常蔵は、救いを求めるように半睡に目を向

けた。

「常さん、あんた、自分がどんなことをしでかしてしまったのか、まだわかっちゃいねぇんじゃねぇですか。今回の事件が謀り事だったなんてことが知れてごらんなさい。亀さんが、町の者たちの笑われ者になっちまうでしょうに」

半睡が諭《さと》すようにいったが、亀次郎の怒りはますます募《つの》り、

「常蔵、てめぇに江戸払いをいい渡す！　お上に突き出さねぇだけ、ありがたく思いやがれっ！」

と、いい放った。

「お、親分、江戸払いなんてあんまりだぁ。この通りです。二度とこんな悪さはしやせんから、今度ばかりは許してくだせぇ。おねげぇします、親分っ……」

常蔵は顔を青くしながら手をこすり、懇願した。

が、亀次郎は聞く耳を持たないといったふうで、常蔵に背を向けたまま、

「常蔵、いいか。おれの顔に泥を塗ろうが、そんなこたぁどうでもいいんだ。だがな、娘のおまきに申し訳が立たねぇことだけは、どうしたって赦せねぇ。おまきも、そろそろ嫁にいってもいい年頃だ。悪い噂が立てば、おまきの縁談に障《さわ》ることになる。それだけは、なんとしても避けてぇんだ」

亀次郎が、しんみりした口調でいった。

すると、いきなり襖が開き、おまきが目を潤ませて立っていた。

「おまき――」

「おとっつぁん、さっきはあんなこといってごめんなさい。おとっつぁんが、そこまであたしのことを考えてくれてたなんて知らなかったし、悪いのはこの常蔵さんだってことも知らなかったから、あんなこといっちゃったのよ」

おまきは、その大きな瞳から今にも涙が溢《あふ》れ出そうになっている。

「なぁに、いいんだよ、おまき……」

亀次郎が愛《いと》おしそうにおまきを見つめている。

「でも、おとっつぁん、あたし、縁談なんかしないから大丈夫よ」

おまきは意外なことをいいだした。

すると、

「縁談なんかしないって、おまき、おまえ、それどういうことなんだい」

盆にお銚子を載せて運んできた亀次郎の女房のおりくが、おまきの背後から回り込んで訊いた。おりくは美人とまではいえないが、ぽっちゃりとした愛嬌《あいきょう》のある顔をしている。

「おまえ、だれか好きな人でもいるのか」

亀次郎も不安そうな顔をして訊いた。

「うん」

おまきは、悪びれることなくこくんと頷いた。

「ど、どこのだれだっ、そいつは──」

亀次郎は腕まくりして、今にも殴りにいきそうな勢いだ。

と、おまきは、人差し指で半睡を指した。

「そこにいる人──」

亀次郎とおりく、それに常蔵もいっせいに半睡を見つめた。

と、半睡は不思議そうな顔をして、自分のうしろに誰がいるのかと振り返った。

が、むろん、だれもいるはずもない。

おまきは、まだ半睡を指さして、にっこり笑っている。半睡は、自分の人差し指をゆっくりと自分の顔に向けて、「あちき?」といわんばかりの顔をした。

すると、おまきは、

「そう。半睡さん」

亀次郎とおりく、それに常蔵も凍りついたようになって、無言のまま、ただじっと半睡を見つめている。

しばしの間なんともいえない微妙な沈黙に室内が包まれた。

と、半睡が気を取り直したように、にんまりと笑顔を作って、

「実は、あちきもおまきちゃんのことが好きなんですよ、はい」

と、おまきを見て、にっこり笑った。

「ほんと!?」

おまきは、両手を胸の前で結んで飛び上がらんばかりに喜んでいる。

「旦那っ」

「日暮さまっ」

「日暮の旦那っ」

三人同時に声を出した。

「なんです?」

半睡は、しれっとした顔をして、

「あちきが、おまきちゃんを好きになっちゃいけねぇんですか?」

というと、

「旦那、おまきは、まだ十六なんですよ……」

亀次郎は泣き縋るように半睡に近づいて懇願するようにいった。

「そりゃ、日暮さまが役者のような二枚目だってことは、あたしも認めるし、男やもめですからね。でも、だからって、親子以上も年の離れたおまきを嫁にしようだなんて、そりゃあんまりですよ……」

おりくもすっかり涙目になっている。

「ちょっと待ってください。あちきは、おまきちゃんと所帯を持ちたいなんていってねぇでしょうに」

半睡は呆れた顔をしている。

「あっ、そうか。お侍は町人の娘とは夫婦になれねぇから、まさか、旦那、おまきを囲うってんじゃあ……あんまりだっ、そりゃあ、あんまりですよ、旦那っ……」

と、亀次郎は泣きそうな顔になっている。

「亀さん、あんた、なにを馬鹿なことをいってるんですか」

半睡はすっかり呆れかえっている。

「だって、さっき、おまきのことが好きだっていったじゃねぇですかぁ……」

亀次郎は涙目になって、恨めしそうな顔でいった。

そんな亀次郎に半睡は、

「じゃあ、嫌いになったほうがいいんですか？」

と、真面目な顔で訊いた。

「いや、そういうことじゃなくて――」

「どういうことです？」

「だから――ああ、もうっ……」

うまく説明できない亀次郎は、地団太《じだんだ》踏んでいる。

「ねぇ、おとっつぁん、おっかさん、あたしも半睡さんの女房になりたいなんて一言もいってないでしょうに」

おまきも半睡の口調を真似ていった。

「じゃあ、なんであんなこといったのよ」

おりくが、顔をしかめていった。

「あんなこと？　ああ、あたしの好きな人は、半睡さんだってこと？」

「そうだよぉ」

「じゃあ、おっかさんは半睡さんのこと、嫌いなの？」

「そりゃ、好きだよ。決まってるじゃないか」

「おとっつぁんは？」

「そりゃ、なんだ、あれだよ……」

「なんです？」

と、半睡。

「だから、あれですってば……」

「だから、なんです？　はっきりいってくれねぇと、わからねぇでしょうに」

「す、きですよ……」

亀次郎が恥ずかしそうにうつむいて、小声でいった。

「あれ？　亀さん、あんた、もしかして男色の気があったんですか？」

半睡が虚を突かれた顔でいうと、亀次郎はますます顔を赤くした。

「うっそぉ、おとっつぁん、そうだったの？　うわぁ、気持ち悪いんだ。ねぇ、おっかさん、どうするの？　おとっつぁん、男色の気があるんだって！」

おまきは、気持ち悪いとばかりに顔をしかめながら、寒そうに両手を交互の腕に回してさすりつづけている。

「馬鹿。そんなわけないじゃないか」

おりくが叱ると、

「だって顔を赤くして、半睡さんのこと好きっていったじゃない。あ、ほら、おっかさん、おとっつぁん、まだ顔赤いわよ。あ、やだ、どうしよう。あたし、また気持ち悪くなってきちゃった。うっ、ううっ……」

と、おまきはつわりのときのような吐き気を催《もよお》すと、両手で口を押さえながら、部屋から小走りで出ていった。

五

夜更け——半睡は、蒸《む》し暑さを感じ、部屋の窓を開けた。夜空には、真っ白な月がまだかかっている。

「ほんとうにうさぎが杵《きね》をかかげて餅《もち》つきしているように見えますねぇ……」

半睡は独り言をいうと、思い出したように懐に手を入れて分厚い長方形の白い紙包みを取り出して眺めた。紙に包まれているのは、ちょうど二十五両となる一分銀が百枚束ねられた、いわゆる〝切り餅〟である。

富吉が吉原ですべての金を使ってしまったというのは、半睡が考えた大嘘なのである。富吉とお富こと、おみちは常蔵の顔が利く池之端仲町の出合茶屋で、身を潜めていた。そして、四日目の朝、おみちは「ちょいと買い物がある」といって部屋を出たきり、夕暮れ近くになっても戻ってこなかった。もちろん、そうするようにおみちは常蔵にいい含められていたのだが、そんなこととは露とも知らない富吉は、不安に駆られ、どうしたものかと外に出たとき、まんまと常蔵に捕まえられたのである。知らせを受けた亀次郎は、大黒屋に連れてくるようにいい、半睡といっしょに事情を聴いた。

聴いているうちに、

（これは、常蔵の謀り事ではないか……）

と思い至った半睡は、富吉が貯め込んだ金と盗んだ二十五両を持ったまま上方に逃げるようにいった。富吉は涙を流して半睡と亀次郎に礼をいったが、近江屋から盗んだ二十五両はどうしても返して欲しい。それがせめてもの償《つぐな》いだと差し出したのである。

だが、〝取逃〟が、たとえ常蔵の謀り事だとしても、惣右衛門のやったことは許されることではないと思った半睡は、素直に惣右衛門に二十五両を返してやる気にはなれなかった。

そこで、近江屋に乗り込んでいった亀次郎に、富吉が吉原ですべての金を使ってしまったことにしろといったのである。

（常蔵がしでかしたことで、ひとつだけいいことがあったとすれば、あの富吉に暖簾分けなんぞさせないことだったかもしれないねぇ。なんといっても商人は、人を見抜けなきゃやっていけない。おみちのような女に引っかかるようじゃ、遅かれ早かれもっと痛い目に遭《あ》ったろう……）

胸の内でそうつぶやいた半睡は、切り餅を月の明かりに照らすように掲げると、

「ねぇ、お月さん、この切り餅、いったいどうしたもんでしょうかねぇ」

と、苦笑しながら独り言をいった。

すると、まるで半睡の問いに答えるかのように、雲が月を覆《おお》いはじめたのだった。

「ほぉ、目をつむるとおっしゃるんですか？　しかし、そうもいかないでしょうに。ま、しばらく預かっておくことにしますかねぇ」

半睡はそうつぶやくと、苦笑しながら切り餅を袖の下にそっと仕舞った。

次の日は、本格的に梅雨に入ったのだろう。朝から蒸し暑く、しとしとと小雨が降りつづいていた。

おまきは毎朝、半睡の部屋まで朝飯を膳に載せて運んできてくれる。今朝は、香の物に納豆汁、それに炊《た》きたての白米だった。

そして、寝巻のまま朝飯を食べ終えて腹を満たした半睡が畳の上で横になり、居眠りをはじめたときだった。

「旦那、若旦那がお見えです」

襖の向こうから、亀次郎がいつになく緊張した口調で訴えかけてきた。

半睡は嫌な予感がした。

「こんな朝っぱらから、いってぇなんです」

半睡は横になったまま、あくびを嚙み殺しながらいった。

「失礼いたします」

襖が開いて、新之助と亀次郎が入ってきた。

「父上、おはようございます」

「はい。おはようさん……」

半睡は、面倒くさそうに起き上がり、火のない長火鉢の前であぐらをかき、寝巻のはだけている胸のあたりをぽりぽり搔きながらいった。

「父上、ご無沙汰《ぶさた》しておりました」

新之助は両の手を膝に置いて正座し、背筋を伸ばしたまま頭を下げた。少し見ない間に、三つ紋付き黒紋羽織、着流しに博多帯、裏白の紺足袋《こんたび》という同心姿がすっかり板についている新之助を見た半睡は、なぜか妙に照れくさい気持ちになった。

「新さん、元気でやっていましたか」

半睡は薄い笑みを浮かべ、煙管を吹かしながら訊いた。

「はい。父上はお変わりないですか」

新之助は、半睡とはまた違った端整な顔立ちをしている。若い女がすれ違ったら、流し目を送られずにはいられないほどの色男といってもいいほどである。だが、流し目を送られても、おそらく新之助は気づかないだろう、と半睡は思う。それほど、新之助は体全体から、真面目という気のようなものを放っているのだ。

「はい。気ままにやってます。新さん、さ、足を崩して――」

半睡がそういっても、

「ありがとうございます。しかし、わたしはこうしていたほうが、落ち着くのです」

と、相変わらずの返事をした。半睡は八丁堀の組屋敷で一緒に暮らしていたときも、新之助が一度もあぐらをかいているところを見たことがない。『疲れるでしょう』といっても『いいえ』という。『そんなことはねぇでしょう』といくらいっても『本当です』といってきかない。

『あちきは、正座なんぞしてると、すぐに足がしびれてしまってしょうがねぇですけどねぇ』というと、『父上はお好きになさってください』とくるのだ。

「で、今日は何用できたんですか」

半睡が作り笑顔で訊くと、

「今朝がた早くに清水町《しみずちょう》の空き家で、女が殺されたと自身番屋の番人が知らせにきたのです」

と、新之助は生真面目な顔をして答えた。

「そうですか」

半睡は顔色一つ変えずにいった。

「旦那、そうですかって、そんな他人事《ひとごと》みてぇに……」

亀次郎が助け舟を出すようにいうと、

「他人事でしょうが」

と、半睡はまるで動じない。

「そりゃそうですが、殺しが起きたんですよ」

「わかってますよ。今、新さんがいったばっかりでしょうに」

半睡は、まるで気のない物言いだ。

「父上――」

「旦那っ」

新之助と亀次郎が同時にいった。一緒にきてくれといっているのだ。

「あんたら、ふたりで十分でしょうが」

と、半睡はまったく動く気はない。

新之助と亀次郎は、どうしたものかと互いの顔を見合っている。

「あのねぇ、おふたりさん、あんたたち肝心なことを忘れてませんか？　いいですか、あちきは、隠居の身なんですよ」

半睡は、ふたりにあきらめろとばかりにいった。

すると、新之助は半睡の前に膝を落として、

「父上、お言葉を返すようですが、父上のほうこそ、特別臨時同心というお役目を授かっていることをお忘れなのではないですか？」

と、努めて冷静にいった。

特別臨時同心の役目は、いわば後詰《ごづ》めで、定町廻りの相談役なのである。痛いところを突かれた半睡は、

「はい、はい、いきましょう。いけばいいんでしょうに……」

と、面倒くさそうに重い腰を上げた。

六

殺しの現場は、清水町の瀬戸物屋と小間物屋の間の路地を奥に入った朽《く》ちかけた空き家のしもた屋だった。

〝取逃〟騒ぎがあった近江屋は、隣町の長崎町であるから近い場所である。しもた屋の前には、噂を聞きつけた野次馬たちが小雨が降っているにもかかわらず、わんさと押し寄せている。

「おい、みんな、どいてくれ」

亀次郎が人だかりに向けて声を上げた。

「これはこれは、日暮さまに若旦那、それに亀次郎親分さん、ごくろうさまでございます」

朽ちかけたしもた屋の内側で、野次馬たちが入らぬように睨みを利かせていた三十半ばの見知った顔の番人が頭を下げた。

「仏は、どこだい」

「へい、あちらです」

このしもた屋が三年ほど前から空き家になっていたことは、三人とも知っている。

「旦那、若旦那、あそこですね」

現場に野次馬たちが入って来ないように、もうひとり自身番屋の若い番人が軒下に立っていた。

「お待ちしていました。さ、どうぞ、中へ――」

廃屋同然になっている家の中に入ると、腐りかけた畳の上で、顔に白っぽい手ぬぐいがかけられた女が、左の胸に出刃包丁を突き刺されたまま仰向けに倒れていた。格子模様の地味な着物に乱れた様子はなく、胸一帯がどす黒くなった血で染まっている。

その仏のすぐそばで背を向けたまま、どうしたものかと困り果てた顔をした家《いえ》主《ぬし》が、しゃがみ込んでいた。

「ああ、これはみなさん……」

顔に深い皺《しわ》を刻んだ年老いた家主は三人に気づくと立ち上がり、まさに地獄で仏に会ったという顔をしている。

「この手ぬぐいは――」

新之助がいうと、

「わたしじゃありません。来たときからかけてありました。わたしは、どこにも一切手をつけていません」

亀次郎が手ぬぐいを取ろうと近づいてみると、出刃包丁で刺されたのは左胸だけでなく、その上から肩にかけて着物が斬られた痕があり、そこから噴き出たであろう血が畳一面に黒く広がっている。

「とっつぁん、最初にこの仏を見つけたのは、どこのだれだい」

「はい。近所の子供たちが、かくれんぼしてて見つけて、それを聞いた母親が確かめて、自身番屋に駆け込んできたんです。ああ、その母親もきたときには、手ぬぐいが顔にかけられていたといっていました」

「ん――」

手ぬぐいを取った仏の顔を見た亀次郎が怪訝な顔になった。

「ずいぶん穏やかな死に顔をしているな」

新之助がいった。確かに亡骸《なきがら》の女はまぶたを閉じ、その顔にはまるで苦悶《くもん》の表情がなく、むしろ安堵《あんど》したように笑みを浮かべているように見える。

年のころは、二十七、八といったところだろうか。丸髷《まるまげ》を結っている。亭主持ちだろう。

「まぶたを閉じてやったうえに、顔に手ぬぐいまでかけてやる——父上、下手人《げしゅにん》は顔見知りではないでしょうか」

手持ち無沙汰にしている半睡に顔を向けて、新之助が意見を求めた。

「そんなとこじゃねぇですか」

半睡は相変わらず、所在なげにしている。そのそばで、亀次郎が難しい顔をして、何か考え込んでいる風だ。

「親分、どうした」

新之助が訊くと、

「へえ。この女、どっかで見たような気がしてしょうがねぇんですが、どうにも思い出せねぇんでさ……とっつぁん、ここの家の土地持ちはだれかわかるかい」

亀次郎が家主に訊いた。

「はい。隣町の長崎町の近江屋さんです」

「近江屋!?」

亀次郎は思わず声を上げて半睡を見たが、半睡は何食わぬ顔で家の中を見るともなしに見ているだけである。

「親分、どうしたんです？」

家主が怪訝な顔をして訊いた。

「いや、なんでもねぇ」

惣右衛門のことは気に食わないが、取逃の件は内密にするという約束は約束である。

「この仏さん、夜鷹じゃねぇですかねぇ」

半睡が唐突にいった。

「父上、どうして夜鷹だとわかるのですか?」

新之助が不審そうな顔をして訊いた。

「ほら、仏さんの近くに欠けた手燭《てしょく》があるでしょうが」

「ああ、はい」

「だれも住んでねぇ、こんな空き家に夜、忍び込んで欠けた手燭に火を灯す女となりゃ、夜鷹くれぇしかいねぇでしょ。それに部屋のあちこちが燻《いぶ》したような色になっている。おそらく値の安い魚油を使った灯りを日常的に使ってたんじゃねぇですかねぇ」

家は人が住まないようになると死んでいくというが、住人たちが去ってから三年ほどになるというのに、この朽ちかけたしもた屋はかすかに息をしているような気配を漂わせている。

「それにこんなに足跡があるでしょうが」

半睡は、土間の入り口を指さした。そこには雨に濡れた真新しい下駄や雪駄《せった》の跡が無数に残されている。

「消えかかった跡もあるが、まだ新しいものばかりですね。ということは、この仏を見た、あるいは騒ぎを聞きつけた者もいたということですよね。どうして自身番屋に届けなかったんでしょう」

「新さん、そんな藪蛇《やぶへび》になるようなことするもんがいるわけねぇでしょうに」

なにもわかっちゃいないなぁとばかりに半睡は、首を力なく横に振っている。

「しかし、父上、夜鷹にしては着物は乱れておりませんが——」

半睡に馬鹿にされたと思った新之助は、少しむきになっていった。

「商売はじめる前に殺《や》られたってぇことじゃねぇですか。なんなら新さん、確かめてみたらどうです」

「確かめるって、どういう……」

新之助は、出で立ちをみれば一人前の同心だが、見立てや洞察力《どうさつりょく》はまだまだ足りないと半睡は改めて思った。そんな半睡の胸の内を見透かしたのか、亀次郎が仏の着物を足元からたくし上げるようにして浅黄色《あさぎいろ》の湯文字《ゆもじ》を広げ、下腹部を見た。

「若旦那――」

一緒に見ろといっているのである。新之助は、一瞬、背けたいような顔をしたが、半睡の視線を感じて、女の下腹部に目を移した。

黒々とした陰毛のあたりに、男の精液らしきものはついていなかった。

「旦那、いうとおり、商売前に殺られたようですね。それに、すぐ近くを流れる大横川は、夜鷹の巣窟でやすからね。旦那の見立てどおり、この仏、夜鷹でやしょう」

といいながら、亀次郎が着物をもとに戻して、改めてしげしげと仏の女の顔を見たとたん、

「あっ――」

と、思わず目を見開いて声を上げた。

「どうしたのだ？」

新之助が訊くと、

「昨夜、近江屋の帰《け》ぇりにあっしの袖を引っ張って客にしようとした夜鷹ですよ、この女――」

亀次郎は昨夜の光景を思い出しながらいった。言葉を交わしたとはいえほんの一瞬のことで、女に十手をちらっと見せるやすぐに逃げていったために、さすがにすぐには思い出せなかったのだ。

「旦那、若旦那、間違《まちげ》ぇねぇです。てぇことは、あのあとに殺されたってことになりますさぁね」

「手がかりとなるものは、この胸に刺さっている出刃包丁くらいのもので、他にこの部屋に気にかかるものはなにもない。仏を自身番屋に運んでくれ」

新之助が家主にいうと、

「あ、ちょいと待った――」

半睡がいった。そして、亀次郎が女の顔にかけようとしている手ぬぐいを取ると、それを持って出口にいき、空にかざすようにして見た。

「どうしなすったんですかい」

ついてきた亀次郎がいった。

「この染み、なんでしょうねぇ……」

手ぬぐいは使い古されて擦《す》り切れそうになっているが、何度も洗われているようで清潔に見える。しかし、白っぽい手ぬぐいのあちこちに墨を落としたような黒っぽい染みがついている。

「ただの染みではないですか」

新之助は、あっさりした口調でいった。

が、半睡は、しばしの間その手ぬぐいの染みを見つめていた。

七

仏の女の亭主で、太助《たすけ》と名乗る男が入江町の自身番屋にやってきたのは、亡骸を戸板に乗せて運んできてから半刻ほどしたときのことだった。

太助は、亡骸が見つかったあの空き家から一町ほど下った新兵衛《しんべえ》長屋に住む硝子《ガラス》吹きの居職《いじよく》の職人で、年のころは三十三。引き締まった体に、職人気質《かたぎ》の実直そうな面構えをしているが、目は真っ赤に充血しており、げっそりとやつれている。

「お駒《こま》っ……」

奥の間に安置されている女の顔を見たとたん、太助は顔色をなくして絶句した。

女の胸に刺さっていた出刃包丁はすでに抜かれて亀次郎が保管しており、手がかり品として顔にかけられていた手ぬぐいは半睡が懐に入れている。

「おまえの女房に間違いないか」

新之助が念を押すと、太助はがっくりとうなだれたまま、何度も頷くだけで声も涙も出せずにいる。

「こんなことを訊くのはなんだが……太助だったな、おめぇさん、女房が体を売っていたのは知っていたかい」

亀次郎が訊くと、太助は一瞬びくっと肩を揺らしたあと、観念したように首を縦に落とした。

「親分、ゆんべ、お駒になにがあったのか、すべてお話しいたしやす。ですが、今は一刻も早ぇとこ弔《とむら》ってやりてぇんです。お話はそのあとでよろしゅうござんすか」

太助の目には、救いと覚悟の色が宿っていた。亀次郎が、どうしたものかと新之助を見ると、新之助は隣で煙管を吸っている半睡に視線を向けた。

が、半睡はまるで関心がなさそうだ。

新之助は、亀次郎に視線を向けて、ゆっくり頷いた。

「おめぇさんを信じよう。早ぇとこ仏さんを弔ってやんな」

「ありがとうごぜぇます、ありがとうごぜぇます……」

亀次郎は、番人に湯灌場《ゆかんば》小屋に走るようにいった。長屋住まいの者たちは、弔いを自分の家ですることはできないことになっている。身内に死人が出ると、寺男や日傭《ひようと》取りたちの手を借りて、寺の敷地内に備えられている湯灌場小屋に亡骸を運び、弔い料を支払って一切をやってもらうのである。

自身番屋から女の亡骸が運び出されると、半睡と新之助、それに亀次郎の三人は新兵衛長屋に向かった。太助から話を聞く前に、同じ長屋に住む者たちから、太助とお駒夫婦の暮らしぶりを聞いておこうと考えたのである。

外に出ると、朝から降り続いていた小雨は、いつのまにか止んでおり、雲の隙間から申し訳なさそうにお日様が顔を出している。

新兵衛長屋は、間口九尺奥行き二間の棟割長屋とは違い、間口二間奥行き四間の広さがあり、それぞれの家の中に厠《かわや》もついている長屋にしてはなかなかのものだった。

こうした長屋は、たいてい弟子を抱えている居職の親方たちが借りており、普通の長屋より店賃も二倍以上するものがほとんどである。

死に方が死に方だったからだろう。長屋の者たちは、だれもお駒が殺されたことを知らされていないようで、普段通りの暮らしをしていた。

さっそく大家の新兵衛や井戸端にいた女房たちに話を聞くと、太助とお駒は皆がうらやむほど仲の良い夫婦だったという。

太助は腕のいい硝子吹き職人で稼ぎもよく、店賃を滞《とどこお》ることなど一度もなかったというのである。また、女房のお駒も太助によく尽くし、亭主の愚痴《ぐち》など一度も耳にしたことがないという。

ふたりの馴《な》れ初《そ》めはというと、太助は年少のころから浅草《あさくさ》の硝子吹き職人の親方のもとで修業を積んでいたのだが、その親方の娘がお駒で、浅草からこの長屋に移ったのは三年ほど前だということである。

「ただ、子宝に恵まれてなくてねぇ」

隣に住んでいるという錺《かざり》職人の女房がいった。

「だからね、あたしゃいっつもいってやってたんですよぉ、いひひ……」

大年増で小太りのその女房は、下卑《げび》た笑い声を出していった。

「なんていってやってたんだい」

「あんまり太助さんを働かせないほうがいいよって。だってさぁ、夜のあっちの声を聞いたことがないんだもの。うちの亭主は、もう年だから今じゃすっかり盆暮れになっちまってるけどさぁ。太助さんもお駒ちゃんもまだ若いんだもの、毎晩あったっていいじゃないのさぁ。うちだって、太助さん夫婦くらいの年のころは、そりゃもう毎晩。いひひひ……」

長屋にしては立派といっても、隣とは薄壁一枚で仕切られているだけだから、騒々しい昼間はさておき、夜ともなれば赤ん坊の泣き声はむろんのこと、それこそいびきや夫婦の睦《むつ》み声も筒抜けというのが長屋の暮らしなのである。

「そりゃあ、両側の家はさぞや迷惑だったろうなあ」

亀次郎は苦笑したが、新之助は苦い顔をしている。目の前の大年増で小太りの醜女《しこめ》が、亭主に抱かれている様など想像するだけで胸が悪くなってくるというものだ。

井戸端にいたほかの女房たちも、いつも聞かされてうんざりしているのだろう。気がつくと亀次郎たちとその女房だけになっていた。半睡はあくびしたり伸びをしたり、相変わらず所在なげにしている。

八

三人がふたたび新兵衛長屋に向かったのは、昼八つ（午後二時）ごろだった。すでに弔いは終わっており、太助は家にいた。

「この出刃包丁は、おめぇさんちのもんかい」

亀次郎が、べっとりと固まった血糊《ちのり》のついた出刃包丁を風呂敷から取り出して見せると、太助は素直に頷いた。

「お駒があんなことになっちまったのは、あっしのせいなんです……」

太助は消え入りそうな声でいった。

「どういうことか、詳しく話せ」

新之助が険《けわ》しい顔つきで促した。

「へえ。三年前、あっしは男じゃなくなっちまって――」

太助は苦しそうに顔を歪めながら、お駒の位牌《いはい》の前でぽつりぽつりと語りはじめた。半睡は、室内のいたるところに置いてある様々な硝子細工を手に取って、ためつすがめつ見て回っている。どれも手触りもよく、細かなところまで細工が施《ほどこ》され、まさに匠《たくみ》の技が込められている見事なものばかりである。

硝子吹き職人は、清《しん》国から輸入する鉛《なまり》硝子を熱して飴状《あめじょう》にしたものに、細くて長い鉄でできた筒で空気を入れ、容器や簪《かんざし》、風鈴、金魚鉢などを作るもので、熟練の技が要ると同時に危険も伴う職業なのだ。

太助は三年前、仕事中に熱した鉛硝子をふとしたはずみで股間に落として大《おお》火傷《やけど》を負ってしまい、男としての機能を失ってしまったのだという。

親方の娘であるお駒と互いに惚《ほ》れ合って結ばれた太助は、早く跡取りを作り、息子のようにかわいがってくれた親方に孫を見せてやりたいと夜の営みに懸命に精を出したが、なかなか子宝に恵まれなかった。それが仇《あだ》になったのだと太助はいった。

「男じゃなくなったあっしは、以前にも増して仕事に夢中になりやした。せめて金を稼いで、お駒にいい暮らしをさせてやりてぇ。そして、働いて働いて布団に入《へ》ぇったとたん、お駒の体に触れるのも忘れるくれぇぐっすり眠るのが一番だと思いやしてね……。ですが、お駒は女盛り。すっかりあっちの味も知り尽くしちまってる。真夜中にお駒が、声を噛み殺して一人せせりしているのを見たときにゃ、ほんとうに申し訳ねぇ気持ちで胸が塞《ふさ》がる思いでしたよ。それでもお駒は、相変わらずあっしに笑顔で尽くしてくれやしたが、そうされればされるほど、あっしは余計に辛《つら》くなっちまって――それで半年ほど前、お駒にいったんですよ。町ぃいって男を拾ってこい。おらぁ、ちっとも気にしねぇ。いや、むしろそうしてくれたほうが気が楽になるんだ。体はほかの男に抱かれても、心まで抱かれるわけじゃねぇ。けころの女たちを見てみろ。からっとしたもんじゃねぇかって。ありゃ、心まで抱かれちゃいねぇからだって……」

亀次郎も新之助、それに半睡も返す言葉が見つからなかった。無茶な道理にも思えるが、あながち間違っているとも思えないからだ。けころの女郎たちだけでなく、体を売る女たちは口吸いだけは決して許さないと、あの女ったらしの常蔵から聞いたことがある。そうすることで心の均衡《きんこう》を保とうとしているのだろう。

「お駒は、泣いてあっしにいいましたよ。〝あたしは、自分の体が憎い〟って……。だから、あっしはいいいました。そんなこたぁねぇよ。男が欲しい体にしちまったのは、このあっしなんだ。悪いのはこのあっしだ。これはあっしからの頼みなんだってね」

「それで、お駒はおめぇさんのいう通りにしたってぇわけかい」

亀次郎が訊くと、太助は大きく首を横に振り、一層苦しそうに顔を歪めて、

「あっしは、見ず知らずの男に抱かれろっていったんですよ。ところが、お駒はよりによって音《おと》の野郎に抱かれていたんですよっ」

音というのは、音三郎《おとさぶろう》といって、太助といっしょにお駒の父親のもとで硝子吹き職人の修業をした仲で、太助と同い年だという。

「音の野郎も昔っから、お駒に惚れていたんですよ。その証拠に、いまだに所帯を持たずにいやす。ですが、あっしとは兄弟みてぇに育った仲でやすからね、あっしとお駒が夫婦になってからもなにかといき来はしてたんで。しかし、まさか、よりによって音の野郎にお駒が抱かれていたなんて、おらぁ夢にも思わなかった。だって親分、旦那方、そうでしょう。あっしが音だったら、そんなこたぁしねぇ。いや、できねぇ。それなのに音の野郎、何食わぬ顔してうちに出入りしてやがったんでさぁ。あげくにあの野郎、お駒に太助と別れて自分といっしょになってくれってせがみはじめたと聞いて、おらぁ、はらわた煮えくりかえって、かーっと頭に血がのぼっちまって——」

「それで昨夜、お駒のあとを尾《つ》けていって、あの空き家に入ったお駒を持ってきた出刃包丁で刺したってわけだな」

新之助が問い詰めると、太助は激しくかぶりを振った。

「と、とんでもねぇっ。あっしが斬り殺してやろうと思ったのは音の野郎で、出刃を振り下ろしたとき、いきなりお駒が音の前に飛び出してきて——」

太助は悔しそうに組んでいる足を拳《こぶし》で叩きつけている。

「それからどうしたのだ」

「お駒の体から血しぶきがあがったのを見た音の野郎は、わけのわからねぇ声を上げて逃げ出しやがったんです。あっしは、とんでもねぇことをした。お駒に罪はねぇ。なんとか助けようと町医者のところに必死になって走りやした。入江町の清庵《せいあん》てぇ医者のところにいって、半刻ほどで空き家に連れ戻ったんです。そしたら、お駒の胸に出刃が刺さってて……本当です。医者の清庵先生に聞いてもらってくだせぇっ」

亀次郎は、もちろん清庵という町医者のところにいって、太助の話が本当かどうか確かめるつもりだが、おそらく太助の話に嘘はないだろうと踏んでいた。

「太助、おまえは、音三郎が舞い戻ってきて、お駒の心ノ臓を突き刺したと考えているのか」

　新之助が水を向けると、太助はぱっと顔を上げて、

「へえ、そうです。音の野郎にちげぇねぇです。だって旦那方、不義密通は殺されてもお咎めなしですよね。ですが、証人がいなきゃどうにもならねぇ。音の野郎、口封じのために、お駒を殺したんだっ。だから、おらぁ、あの野郎を追っかけたんですが、家にはいねぇし、野郎が隠れていそうなところを朝方まで探しまわっていたんですが……」

「見つからなかったわけだな」

「へえ……ですから、音の野郎を探し出しておくんなせぇ。このまんまじゃ、お駒が浮かばれませんっ。このとおり、おねげぇですっ」

　太助は、畳に額をこすりつけて頼んだ。

「おめぇのいうとおり、不義密通は〝二つに重ねて四つにする〟てぇくれぇのもんで、両方とも殺されたって文句はいえねえ。お咎めもなしだ。だがよ、太助、おめぇさんは女房に男に抱かれてこいっていったんだぜ」

　亀次郎の言葉に太助は、はっと我に返ったような顔になり、苦渋《くじゅう》の色を滲《にじ》ませた。

「そうですが……じゃあ、親分は音の野郎にはなんの罪もねぇとおっしゃるんですかい」

太助は不安そうな顔になって訊いた。

「いや、お駒がまだ息があるのに胸に出刃を突き刺して殺したのが、おめぇがいうように音三郎だとしたら死罪になるだろうな」

だが、亀次郎はどうもすっきりしない。

（ゆんべ、お駒はあっしに五十文で体を売ろうと声をかけてきた。お駒が音三郎てぇ野郎とできているんだとしたら、そんなことをするこたぁねぇんじゃねぇのか……）

亀次郎が胸の内でそうつぶやいていると、

「太助さん、あんたが、この手ぬぐいをお駒さんの顔にかけたのかい」

これまで沈黙をつづけてきた半睡が、懐から例の手ぬぐいを取り出して見せた。

「いや、あっしのもんじゃねぇです。清庵先生を連れて戻ってきたときには、すでにかけてありました」

「それじゃ、この手ぬぐいをお駒さんの顔にかけたのも音三郎だと思ってるのかい？」

「おそらく――」

「しかし、血を見てわけのわからねぇ声を上げて逃げていったような男が、また空き家に舞い戻って、ご丁寧に心ノ臓に止《とど》めを刺し、開いたまぶたを閉じさせて、そのうえさらに手ぬぐいなんぞかけてやるゆとりなんかねぇでしょうに」

半睡は茫洋《ぼうよう》とした面持《おもも》ちでいった。

「はい。父上にそういわれると、確かにそう思います」

「あっしも。へえ、そう思いやす」

「それと太助さん、あんた、さっき音三郎がお駒さんに太助と別れて自分と一緒になってくれとせがみはじめたと聞いて、はらわたが煮えくり返って、かーっと頭に血がのぼっちまったといったが、それはお駒さん本人から聞いたのかい」

半睡が淡々とした口調で問い質《ただ》すと、

「いいえ、おすみでです。音の野郎の隣に住んでるあっしの幼馴染みで――」

おすみは、病を患《わずら》ったために指物《さしもの》職人の亭主に離縁され、一年ほど前に音三郎の住む長屋に越してきて、太助と十数年ぶりに再会したという。おすみはすでに親兄弟は亡くなっており、重い病を患っているうえに幼い友吉《ともきち》という息子を抱えている。それを知った太助は、お駒に店賃から食事の世話などしてやるように頼んでいたという。

「重い病って、どんなふうなんだい？」

半睡が訊くと、

「へえ。ちょっと歩くだけでも息が切れて、咳《せ》き込みはじめるとそりゃ苦しそうな顔をしやすんで気の毒ったらねぇんですよ」

と、太助は答えた。

そんなおすみが、ある日、隣の部屋の音三郎がお駒に太助と別れて、自分といっしょになってくれとせがんでいたのを壁越しに聞き、太助に教えたというのである。

「太助さん、そのおすみさんちに案内してもらえるかい？」

半睡は諭すような物言いで促した。

九

半睡たちが太助の家を出ようと腰を上げたときだった。

出入口の腰高障子が勢いよく開いて、七つくらいの男の子が泣きながら飛び込んできた。

「どうした。友吉っ」

どうやら、おすみの息子のようである。

「おっかさんが……おっかさんが……」

友吉はそういったきり、声を上げて泣きじゃくり、言葉にならなかった。

「どうしたっ。おっかさんになにかあったのかっ？」

太助がいくら訊いても友吉は泣きじゃくっているだけである。太助は友吉の手を握って走り出した。もちろん向かったさきは、新兵衛長屋から二町ほどいった、おすみのいる棟割長屋である。太助と友吉は、長屋のとっつきの家に入っていった。そのあとに半睡、新之助、亀次郎とつづいた。

部屋に入ると、紙より白い顔色をしてやつれた女が寝具の上で血を吐いてぐったりしていた。

「おすみ、しっかりしろ、おすみっ……」

部屋に上がり込んでおすみを抱き起こした太助が体を揺すりながら叫ぶと、

「太助さん……」

おすみは、うっすらと目を開け、蚊《か》の鳴くような声を出した。

「亀さん、医者だ。あ、清庵という町医者がいい。場所、わかるかい」

半睡は落ち着いていった。

「へい。いってめぇりますっ」

亀次郎は、おすみの家を飛び出していった。

そして、半睡は、友吉に向かってにこりと笑い、

「友吉坊、もう大丈夫だから、外にいって遊んでな」

といい、友吉は頷いて外に出ていった。

「いいん……ですよ……どうせ……あたしは、もう……助からないんですから……」

そういいながら、おすみはまたむせび、そのたびに血を吐いた。

「金のことなら心配するなっ」

太助が努めて明るくいうと、おすみは悲しい笑みを浮かべて、

「あの世にいく前に……どうしても太助さんに……いっとかなきゃ……いけないことがあって……」

おすみは虫の息で、懸命にしゃべろうとしている。

「何もいうなっ。でぇじょうぶだよぉ。もうすぐ医者が来てくれる。それまでな

んにもしゃべらず、じっとしていろ」

太助は懐から手ぬぐいを取り出して、おすみの口元についている血をやさしく拭いてやりながらいった。

しかし、おすみは弱々しく首を振り、

「お駒さんを……殺したのは……あたし……なんですよ……」

といった。

おすみを抱きかかえている太助は、一気に顔色が変わり、

「な、なにをいってるんだよ、おすみ。おめぇ、頭どうかしちまったんじゃねぇのか。へへへ」

と、悪い冗談をいっている場合かよとでもいいたげに、引きつった顔で無理して笑みを浮かべている。

「ほんとうよ……悪いのは……ぜんぶあたし……なんですよ……」

おすみの命の炎が間もなく消えようとしているのは、もはや明らかだった。

「これは――おすみさん、あんたのもんでしょ？」

半睡は懐から、お駒の死に顔にかけられていた黒っぽい染みのついた手ぬぐいを取り出して見せた。

おすみは、力なく、ゆっくりと頷いた。手ぬぐいの黒っぽい染みは、労咳《ろうがい》に罹《かか》ったおすみが吐いた血の痕《あと》だったのである。

お駒の死に顔にかけた手ぬぐいが自分のものだと認めたおすみは、最期のともし火を燃え尽くそうとしているかのように口を開いた。

「あたしは——太助さんを裏切っていたお駒さんが憎かった……だから、お駒さんが音三郎さんとできていることを知って……太助さんにしゃべっちゃった。それが、すべての間違いだった……」

おすみは、またむせび、血を吐いて、肩で息をしている。

太助は、ただただ呆然としている。新之助は黙りこくったまま、土間の地面に目を落としている。半睡は火をつけていない煙管を口にくわえて虚空を見ている。

「あたしは……お駒さんにいったわ……太助さんには黙っているから、もうやめてちょうだいって……お駒さんは、涙を流して誓ってくれた……でも、もうそのときは遅かった……昔からお駒さんのことが好きだった音三郎さんは本気になってしまってたのよ……そして、音三郎さんに別れを告げにきたお駒さんに、音三郎さんが太助と別れて自分といっしょになってくれってせがんでいるのを壁越しに聞いちゃったあたしは……とうとう太助さんにしゃべっちゃった。そして——」

一昨日《おととい》の夜、井戸で水を汲《く》もうと外に出たおすみは、尋常《じんじょう》ではない形相《ぎょうそう》をして走って帰ってきた音三郎とばったり出会った。

不吉な予感がしたおすみが問い詰めると、音三郎は太助が清水町の空き家でお駒を刺したことを告げ、部屋に入ると金目のものだけを持ってそのままどこかへいってしまったのである。

「そして、音三郎さんから聞いた清水町のあの空き家にいってみると……お駒さんは血まみれになりながら出刃包丁を持って……首を切ろうとしていた……」

おすみは、目に涙をためながら、懸命に口を動かしている。

「あたしを見たお駒さんはいったわ……お願い、魔物が棲《す》むこの胸を刺してって……見ず知らずの男に抱かれるのは怖いから……気心の知れた音三郎さんなら安心だと思って抱かれたあたしが馬鹿だったたって。……そして、あたしが死んだら、太助さんに伝えてちょうだい。音三郎さんに抱かれているときも、あたしは心の中で……太助さんの名を呼びつづけていたって……それだけは嘘じゃない。だって、あたしは、心の底から太助さんに惚れていたんだものって……お駒さんがどうしてそんなことをするようになったのかを知ったあたしは、お駒さんに死んじゃだめっていったわ……でも、お駒さんは、太助さんが医者を呼びにいって、万が一あたしが助かったら、そのほうが地獄だって泣いたの……だから、後生だから、この出刃でひと思いに胸を刺して楽にしてちょうだいって……」

昨日の夜、近江屋にいった帰りの亀次郎にお駒が声をかけてきたのは、別れてくれようとしない音三郎に惚れてなどいないということを見せつけるためだったのだろう。だが、そんな姿を見た音三郎は、お駒をあの空き家に連れ込み、どうしてなのだと問い詰めたに違いない。

それにしても、息も絶え絶えのお駒の心ノ臓に出刃包丁を突き刺したおすみも、刺されるお駒もそのとき、いったいどんな気持ちだったのだろう。ふたりとも地獄を味わったに違いない。

うぐっ、うぐぐぐぅっ……太助は、地の底に住む魔物のような唸《うな》り声を上げて泣いている。

「太助さん、あたし、許してなんていわない……でもね、あの世にいって、お駒さんにあんたの気持ち、ちゃんと伝えたよっていうから……絶対にいうわ……それだけは信じて、太助さんっ」

おすみは、太助の名を呼んだとたん、ひゅーっという奇妙な息を吐くと、一筋の涙を流し、息絶えた。仏になったおすみのその顔は、菩薩《ぼさつ》のような穏やかな顔をしている。

「おすみっ……だれも悪くなんかねぇっ……悪くなんかねぇんだよおっ……」

太助ははらわたを絞り出すようにして叫び、その声は次第に泣き声になり、やがて号泣へと変わっていき、それはいつ果てることもなくつづいた。

十

「そのおすみって人も、太助さんに惚れてたんだよ、きっと」

次の日の夕方、「大黒屋」の半睡の部屋に集まり、酒と夕餉《ゆうげ》をとっていたおりくがしみじみとした口調でいった。

「ああ、そうかもしれねぇなあ。あのおすみって女、死ぬ前に一度でいいから太助に抱かれてみたいって思ってたんじゃないかなぁ」

亀次郎が相槌《あいづち》を打つようにいうと、

「え？　抱かれてたでしょ？」

おまきが、きょとんとした顔でいった。

するとと、亀次郎とおりくが怯えたような顔つきになって、

「おまき、おめぇ、嫁入り前の娘がはしたないことをいうもんじゃないよっ」

と、亀次郎が叱りつけるようにいった。

「そうだよ、どうしてこの子は、こうも耳年増になっちまったのかねぇ」

おりくもほとほと呆れたという顔をしている。

半睡は、そんなみんなのやりとりを聞いているのかいないのか、煙管を吸いながら吐く煙で輪を作っている。

「え？　なにが？　だって、おとっつぁん、いったじゃないの。おすみさん、太助さんに抱かれたまま亡くなったって――」

「あ、いや、おまき、ああいう抱くのじゃなくってな」

「ああいうのじゃなきゃ、どういうの？」

おきゃんなおまきは、その大きな瞳をくりくりさせて訊いている。

「だからね――あ、痛っ……」

おりくが亀次郎の太ももをつねり、おまきに目をやって、黙りなさいと合図を送っている。

「おとっつぁん、どうしたの？」

おまきは、その大きな瞳をさらにくりくりさせている。

「な、なんでもねぇよ。あ、おりく、おお、そのビードロの簪、おめぇに似合ってるぜ」

「あら、そうお」

と、おりくは差していた簪を手に取って、改めて見つめた。濃い青と透明なものが混じっている。

「ほんとに見事なものねえ。太助さんて人、この腕前で京にいってもっと修業を積んだら、今に日本一の硝子吹き職人になるよ、きっと」

「半睡さん、あたしはどう？」

おまきも見せびらかすようにしていった。おまきのビードロは、緋色《ひいろ》に透明なものが混じっている。

「おまきちゃんに似合わねぇもんなんて、この世にねぇでしょうに」

半睡が、にっこりと笑みを浮かべていうと、

「うふ、半睡さんたら、お上手なんだから。さ、おひとつどうぞ」

おまきは、銚子を手に半睡に酒を勧めた。

「しかしなんだねぇ。考えみれば、夫婦なんて、このビードロみたいなものかもしれないねぇ」

おりくが、ビードロの簪を見ながらいった。

「おりく、そりゃまた、どういう意味だい」

「壊れやすいからこそ、大事にしなきゃいけない……」

「あ、おりくさん、うまいこといいますねぇ。そうですよ、亀さん、おりくさんを大事にしなきゃいけねぇですよ」

「してますよ、なあ」

亀次郎は、おりくに同意を求めたが、

「そうかしら」

と、おりくは冷たい流し目を亀次郎に向けた。

おりくとおまきのビードロの簪は、もちろん太助からもらったものである。

十一

翌朝、亀次郎に江戸払いを言い渡され、在所の大宮《おおみや》にいくことになった常蔵が半睡と亀次郎に別れを告げにやってきた。

「親分、日暮の旦那、これまで本当にお世話になりやした……そして、とんだご迷惑をおかけして申し訳ありやせんでした。あっしは、これから江戸を離れて故《く》郷《に》の大宮で百姓しながら生きていきやす。日暮の旦那、親分、どうかいつまでもお達者で。では、あっしはこれで失礼いたしやす……」

半睡の部屋に通された旅姿の常蔵は、神妙な面持ちで目をしばたたかせながら立ち上がった。

「常蔵――」

部屋から出ていこうとしている常蔵の背中に、懐手している亀次郎が声をかけた。

「へい――」

常蔵は立ったまま、顔だけ向けた。

「一年経ったら戻ってこい」

「へ？」

常蔵は、きょとんとしている。

「毒も使いようで薬にもなるでしょうに――そう旦那にいわれてな」

「はぁ……」

常蔵はまだ亀次郎が何をいっているのかわからず、口をぽかんと開けている。

半睡は煙草を吸い、口から煙の輪を出しながら、宙に目を向けている。

「ほらよ――」

亀次郎はそういうと、懐から手を取り出して、畳の上に小判と銭を投げ出した。

近江屋から手に入れた「九両三分二朱」である。

「親分、これは――」

常蔵は金と亀次郎の顔を交互に見やっている。

「おめぇは、おみちを好きでもねぇ男に抱かさせたんだ。その詫びとして七両を渡して、おめぇの顔が利く水茶屋で働いているおみちとは縁を切れ。あとの二両と三分二朱で、てめぇの借金を払って、残った金は大宮までの路銀にしろ。そして、一年おとなしくして反省したら、江戸に戻ってこい」

亀次郎は苦虫を嚙み潰《つぶ》したような顔をしていった。

「てことは親分、あっしを許してくださるんで？」

常蔵は、ばっと畳に膝と両手をついて、亀次郎に詰め寄った。

「礼をいうなら、そこにいらっしゃる日暮の旦那にいいな」

亀次郎が仏頂面《ぶっちょうづら》をしたまま、顔で半睡を指すと、常蔵はそのままの恰好《かっこう》で亀次郎から長火鉢の前で煙草の煙をくゆらしている半睡に向いた。

「日暮の旦那、ありがとうごぜぇますっ。これからあっしは心を入れ替えて、これまで以上に親分のために働かせてもらいやすっ」

今にもうれし涙をこぼさんばかりに顔をくしゃくしゃにして喜んでいる常蔵を見た半睡は、「はい」といい、にっこりと笑顔を浮かべた。


常蔵が去り、半睡が亀次郎親子と居間で昼食を食べ終えたころ、今度は太助が友吉を連れて大黒屋にやってきた。

ふたりもまた旅姿で、これから京に出立《しゅったつ》するので別れの挨拶《あいさつ》をしにきたのだという。

「ほお、いよいよいくんだな。噂じゃ、いいところらしいじゃねぇか」

玄関に迎えに出た亀次郎が頰を緩めていった。

「なにも遊びにいくんじゃねぇでしょうに」

亀次郎の横に立っている半睡が苦笑しながらいった。

「へえ。修業にいってめぇります」

太助が匠の都である京にいく目的は硝子吹き職人として腕を磨くためであり、大黒屋に来る前におすみとお駒のために建てた真新しい卒塔婆《そとば》の前で、友吉を養子にして日本一の硝子吹き職人にすることを誓ってきたのだと晴れやかな顔でいった。

「そう。友吉っちゃん、おとっつぁんができてよかったね」

半睡と亀次郎のうしろにいたおまきが、ふたりの間を割って前に出てきて友吉の頭を撫《な》でながらいった。

「うん」

「お駒さんもおすみさんも、喜んでるよ、きっと……」

おりくは太助と友吉を見ながら、目頭《めがしら》に着物の袖を当てながらいった。

「日暮の旦那、それに親分、いろいろとお世話になりました。それではいってめえります」

太助が深々と頭を下げて玄関から出ていこうとすると、

「そこまで見送ろう」

亀次郎がいい、半睡もあとにつづいた。

そして、おりくとおまきが見えなくなると、亀次郎は、

「これは、おれと旦那からの餞別《せんべつ》だ。遠慮なくもらってくれ」

といって、懐に仕舞ってあった切り餅を差し出した。

「こ、こんな大金、頂くわけにゃいきませんよ」

二十五両というあまりにも大金なことに驚いて受け取ろうとしない太助に亀次郎は、

「おめぇさんのために渡すんじゃねぇ。実は、おれも親なしで育ったために、根性がひねくれ曲がっちまったことがある。だから、この金はあっしみてぇなことにならねぇように、友吉をしっかりした一人前に育てるための足しに使ってくんな」

といって、太助の懐中にねじ込んだ。

近江屋の手代だった富吉が近江屋から取逃した切り餅を預かることにした半睡だったが、お駒が亡骸で見つかったあの空き家が近江屋の主の惣右衛門のものだと知ると、切り餅を返す気などすっかり失せてしまったのだった。

そして、あの空き家はもしかすると、あの辺りの夜鷹の元締めの常五郎《つねごろう》に惣右衛門が貸して店賃を取っていたのではないかと見立てた半睡は、亀次郎と新之助に調べさせた。

半睡の推測はずばり的中した。そこで、半睡は、お駒が仏になって見つかったのが近江屋の持ち物のしもた屋だったのは、富吉が取逃した二十五両は太助に餞別として渡しなさいという神様か仏様の思し召《おぼ》しだろうと思い至ったのである。

「太助のことだ。きっと、日本一の硝子吹き職人になって、友吉を立派な跡取りに育てるにちげぇねぇですよね、旦那」

「そんなこたぁ、いうまでもねぇことでしょうに」

半睡と亀次郎は、遠くなってゆく太助と友吉のうしろ姿が見えなくなるまで見送ったのだった。

第二話　報　い

一

本所長崎町の自身番屋の若い番人が、韋駄天走《いだてんばし》りで仙台堀端の船宿「大黒屋」にやってきたのは、夏真っ盛りの晴天の朝だった。

「お、親分、親分っ――」

「おう、いってぇどうしたんでぇ」

尋常《じんじょう》ではない呼び声を聞いた亀次郎が居間から玄関にいくと、

「大変です。男が殺されているのが見つかりましたっ……」

汗だくになっている番人が息を切らせながらいった。

「なんだと!?――おい、おりく、冷てぇ水をもってきてくれ。それとおまき、日暮の旦那《だんな》を起こしてきてくれ」

亀次郎が居間にいる女房のおりくと、娘のおまきにいった。

「——はい。これをどうぞ。こんな朝早くから、ご苦労さま」

少しして、おりくが水の入った大きめの湯呑みを足早に持ってきて番人に差し出した。

「お内儀《かみ》さん、ありがとうございます」

番人は、押し頂くようにしておりくから湯呑みを受け取ると口に運び、ごくごくと喉を鳴らして一気に飲み干した。

と、そこへ、

「亀さん、あちきは、ゆうべは夜更かしして、まだ寝足りねぇんですよ……」

おまきとともにやってきた、胸のはだけた寝間着姿で髷《まげ》の乱れた半睡が背伸びして、あくびを嚙み殺しながら不機嫌な声を出した。

「旦那、しっかり目ぇ覚ましてください。仏が見つかったそうなんですよ」

亀次郎が焦《じ》れたようにいうと、

「亀さん、あんたに岡っ引きの手札をあげてるのは、もうあちきじゃなく、新さんでしょうが。隠居の身のあちきを巻き込もうとしねぇでくださいよ」

半睡は、まるで興味を示さない。

「なにかってぇと、隠居の身、隠居の身っていゃあ済むと思ってるんだから、困った旦那だぁ……」

亀次郎が呆《あき》れ顔で、聞こえよがしにぶつぶついっていると、

「こわい。おとっつぁん、その仏さん、どこで見つかったの？」

おまきは両の手のひらを口にもっていって怖がっているそぶりを見せているが、その目は興味津々《しんしん》とばかりにきらきら輝いている。

そんな娘のおまきとは反対に、隣にいるおりくは、おぞましいとばかりに顔をしかめている。

亀次郎は、そんな女房と娘を無視して、

「見つかったのは、長崎町のどのあたりだい？」

亀次郎が焦れたように訊《き》くと、

「へい。日陰《ひかげ》長屋って呼ばれてた空き長屋です」

と、番人が答えた。

「あー、あそこの空き長屋か。てぇことは――」

亀次郎はそこまでいうと、はっとした顔になって口をつぐんだ。

娘のおまきの手前、憚《はばか》ったのである。

と、半睡が、

「あの空き長屋は、夜鷹《よたか》の巣窟《そうくつ》でしょ？　ひと月ほど前にもあの近くの清水町で、夜鷹の殺しがあったじゃねぇですか」

と事もなげにいった。

「え？　夜鷹の巣窟ってなに？」

十六のおまきは、大きくて、ぱっちりした黒目がちの目をいよいよ輝かせている。

「おまき、なんでもねぇ。おりく、おまきを連れてって、朝飯の後片付けでもさせろ」

が、半睡は、

「あのね、おまきちゃん、夜鷹の巣窟ってのはですね――」

「旦那っ……」

おまきに「夜鷹の巣窟」の意味を教えようとしている半睡を睨《にら》み、「駄目です」と目でいっている。

「なによ、もうっ、おとっつぁんたら、いつまでも子供扱いするんだからっ」

おまきは、もぎたての桃のようにほんのり紅《あか》くてみずみずしく、すべすべした肌の頬をぷぅっと膨《ふく》らませている。

「そうですよ、亀さん。おまきちゃんは十六なんですから、もう立派な大人でしょうに」

半睡が、どこ吹く風といった顔でいうと、

「そうよ、おとっつぁん、あたし、なんでも知っているんだから」

と、おまきは亀次郎に挑発的な目つきをしていった。

「な、なんでも、知ってるって、なにを知っているってぇんでぇ」

亀次郎はあたふたしだした。

そんな亀次郎の顔に、おまきは自分の顔を近づけて、

「なんでもっていったら、なんでもよ。例えば、どうしたら子供ができるかとか――」

といった。

「お、おまき、もう、いい。ああ、聞きたくないっ……」

亀次郎は両手で耳を塞《ふさ》ごうとしたが、おまきは亀次郎のその両手を捕まえて、

「おとっつぁん、駄目よ、ちゃんと聞かないと。怖いんだぞ、十六の娘を馬鹿にすると、なにをするかわかんないんだぞ」

と、なおも亀次郎を脅《おど》すようにいった。

「そうですよ、亀さん、おまきちゃんを一人前の女として扱わないと怖いですよ」

半睡が追い打ちをかけ、おまきと顔を近づけて合わせるようにして、子供たちがよくそうするように「ねぇー」などと言い合っている。そんな半睡とおまきを、おりくは苦笑いしながら見ている。

「と、ともかく、旦那。若ぇもんに若旦那を呼びにいかせて、あっしは今すぐ現場に向かいます。旦那も必ず現場にきてくださいよ。頼みましたからね」

亀次郎は露骨に面白くなさそうな顔を拵《こしら》えて、番人とともに家を出ていった。

二

大横川の水面《みなも》は、冴《さ》えわたった夏空の青さを映して、きらきらと眩《まぶ》しいほどに光り輝いていたが、その土堤《どて》は閑散《かんさん》としていた。

仏が見つかった日陰長屋は、長崎町と入江町の境の横道を入ったところにある。

亀次郎と長崎町の番人が日陰長屋に着くと、今にも崩れ落ちそうな木戸口の前に野次馬たちが集まっていた。

「みんな、どいてくれ」

亀次郎が十手《じって》を見せながら、野次馬たちをかき分けて番人と長屋の路地に入っていくと、もうひとりの番人が中ほどの長屋の前で、野次馬たちが入ってこないように見張っていた。

日陰長屋は、長屋を取り囲むように夏草が生え放題に生い茂っていて、長い間空き家になっていることがひと目でわかる。

亀次郎の姿を認めると、見張りの番人が、

「親分、ご苦労さまです」

と、軽く頭を下げた。

「うむ。だれが仏を見つけたんだ？」

亀次郎がいっしょにきた番人と見張りの番人の顔を見比べるようにして訊くと、

「犬がやたらと吠えているのに気づいた棒手《ぼて》振《ふ》りの男が覗《のぞ》いたら、亡骸《なきがら》があったのを見つけて、自身番に駆け込んできたんです」

と、見張りの番人が答えた。

「そうかい。じゃ、仏さんを見せてもらうぜ」

見張りの番人が腰高障子の戸口を開け、亀次郎が室内に入ると、いっしょにきた番人も外に出て野次馬たちが入ってこないように見張りを続けた。

亀次郎がひとり中に入ると、窓のない裏店《うらだな》の戸口を締め切っていたからだろう、むせかえる暑気に血なまぐささが入り混じって一瞬、吐き気を催《もよお》すほどだった。

仏の男の歳は四十近くだろうか。月代《さかやき》は伸び放題で不精ひげを生やし、地味な盲縞《めくらじま》の薄物を着ており、あちこち穴が開いた腐りかけの畳の上で仰向けに倒れていた。部屋には家具の類が一切なく、あるのは枕屏風《まくらびょうぶ》だけだった。

亀次郎は仏に近づいて腰を落とし、亡骸に顔を近づけて、頭から下へゆっくりと視線を移していった。

仏の男は目をかっと開き、断末魔《だんまつま》の叫びをあげたのだろう、口は大きく開いていて、赤黒い舌をだらりと出している。

喉を深く突き刺されて、そのまま横一文字に斬《き》り割かれている。すでに出血は止まっているが、辺り一面の畳は多量の血しぶきで赤黒く染まっている。

（血の固まり、体の強張《こわば》り具合から見て、殺されたのは昨夜に違いねぇだろう……）

亀次郎は、仏をごろりと転がしてうつ伏せにした。すると、背中のあたりが血で黒く染まっていた。うしろからも心ノ臓を刺されていたのだ。

（真正面から喉を掻き斬られ、そのうえうしろからも心ノ臓も刺されている。これはどう考えればいいんだ……）

亀次郎が考えを巡らせていると、外で番人と短いやり取りをしている声が聞こえ、戸口が開いた。

顔を向けると、新之助が半睡とともに部屋に入ってきた。

「旦那、それに若旦那、ご苦労さまです」

「親分、どうだい。なにかわかったことはあるか？」

新之助が、険《けわ》しい面持《おもも》ちで訊いた。隣にいる半睡は、いつもの同心らしからぬ恰好《かっこう》で大刀を肩に載せたまま、飄々《ひょうひょう》とした顔つきで部屋のあちこちを見るともなしに見ている。

「へい。仏の歳は四十いくかいかないかってところです――」

亀次郎は、仏を見つけたのはやたらと犬が吠えていることに気づいた棒手振りだったこと。また殺されたのは昨夜だろうことや、正面から喉を鋭い刃物で突き刺し、そのまま横一文字に斬り割かれていること、また、うしろから心ノ臓を刺されていることなどを語った。

「そうか――」

新之助が雪駄履《せったば》きのまま、畳の上に上がってきて、亀次郎のそばでうつ伏せになっている亡骸を丹念に調べはじめた。

「父上、なにか気づかれたことはありませんか？」

新之助は亀次郎がいった以上のことを認めることはなかったのだろう、半睡に顔を向けて訊いた。

「そりゃ、なんですかね？」

半睡が部屋の隅に立てかけてある枕屛風のほうを顎《あご》で指し示していった。

「この枕屛風のことですかい？」

亀次郎が枕屛風を指さすと、

「はい」

「この枕屛風がなにか？」

新之助も亀次郎も、半睡がなにをいっているのかわからないという顔をして訊いた。

「ふたりとも、気にならねぇですか？」

半睡がきょとんとした顔で訊き返した。

「――はぁ」

新之助と亀次郎が示し合わせたように同時に声を出すと、

「ふーん……」

半睡は、鼻を鳴らすようにいったきり口をつぐんだ。

「旦那、どうしてこの枕屏風が気になるんです？」

亀次郎が眉をひそめて問い質《ただ》した。

「家具らしきもんがなんにもねぇのに、枕屏風だけがあるからでしょうに」

と、半睡は答えになっているような、なっていないようなことをいった。

「父上、その他に気にかかることはありますか？」

「新さん、あんた、もう子供じゃねぇんですから、なんでも聞かねぇでください」

半睡が少し呆れ口調でいうと、

「はっ、すみません……」

新之助は、心底恥ずかしそうな顔をして体を縮こませた。

「ん？　亀さん、そこに手燭《てしょく》があるのは、どうしてですかね？」

半睡は、亡骸の近くに置いてあった、ほんの少し蠟燭《ろうそく》が残っている手燭に大刀を向けて訊いた。

「どうしてって……この空き長屋は夜鷹が体を売るのに使うところですからね。

夜鷹が忘れていったんでしょう」

亀次郎は、なにをいっているんだという顔をした。

「亀さん、新さん、ここらあたりの夜鷹の相場は、いくらですか？」

大刀を天秤棒《てんびんぼう》を担ぐように両肩に置いて、大刀の両端に手首を載せている半睡が訊くと、亀次郎と新之助は互いの顔を見合わせてから、

「百文でしょうに」

と、ふたりは声を揃え、半睡の物言いを真似て答えた。

「ですよね。なのにわずか百文で身体を売る夜鷹が、手燭を忘れていきますかね」

「あ……」

亀次郎が呆《ほう》けた顔をして声を出した。

「しかも、まだほんの少し蠟燭が残ってるでしょうに」

夜鷹が値の張る蠟燭を使うことは、まずない。灯りに使うのは一番安価な鰯《いわし》を原料にした魚油のはずである。

「ということは、父上、この仏は夜鷹ではない何者かに、ここに連れてこられて殺されたということでしょうか？」

新之助は前のめりになって、真剣な面持ちで訊いた。

「あちきは見てたわけじゃねぇんですから、そこまでわかるわけないでしょうが。ただ、亀さん、新さん、この男の殺され方をよく見てくださいよ」

「へい」

「はい、父上」

「この男の二つの傷をよーく見ると、別ものでで刺されたものでしょうが」

「あ、そういわれてみれば確かに……」

亀次郎が男の傷口をじっと見つめていうと、

「首の傷は浅いようですね。女が護身用に持つ七寸ほどの小刀《ちいさがたな》でしょうか」

と新之助がいった。

「一方、背中の傷口は深いから、匕首《あいくち》でしょうに。しかし、前から喉にひと突きして、そこから横一文字に切り裂いた者が、その次にわざわざ背中に回って、一気に心ノ臓めがけて深々と匕首で刺すなんて余裕がありますかね？」

「つまり、旦那は男を刺したのはふたりじゃねぇかとおっしゃりたいんで？」

亀次郎がいうと、新之助がつづけた。

「夜鷹が男の首を刺したあと、どこかに隠れていたもうひとりが背後から心ノ臓めがけてぶすりとやった……」

「しかし、この部屋に隠れるような場所は……あっ」

部屋の中を見渡していた亀次郎は、隅に立ててある枕屏風に目を止めた。

「それで父上は、さっきからあの枕屏風が気になっていたのですね」

「確かに家財道具なんざまったくねぇこの部屋に、あの枕屏風はふさわしくねぇ。犯人はあらかじめ運び入れた枕屏風の裏に隠れて、男が女に連れられてやってくるのを待っていた……」

亀次郎は腕を組み、右手であごをしごきながらいった。

「恨みで人を殺すときは、闇雲に刃物を振り回して何か所も切りつけるもんでしょうが。ところが、この男の殺され方は違うでしょうに。はじめから強い決意をもって確実に殺している。そこに今回のこの殺しの因果があるんじゃねぇですかねぇ」

半睡がいうと、

「旦那、どんな因果が考えられますかい？」

と亀次郎が訊いた。

新之助も期待した顔つきで見ている。

「それを探索するのが、あんたらの仕事でしょうに」

半睡は呆れたという顔で言い放った。

「亀さん、殺された時刻に、ほかの空き部屋で身体を売っていた夜鷹がいたかもしれませんよ。当たってみちゃどうです？」

半睡がそういうと、亀次郎は、そうだったとばかりに両手を勢いよく合わせてパチンと鳴らした。

「この大横川沿い一帯の夜鷹の元締めの常五郎に訊けば、昨晩、身体を売っていた夜鷹のことがわかるはず、旦那はそういいてぇんですね？」

亀次郎は勢い込んでいった。

「ま、そういうこってす。じゃ、あとは新さんと亀さんに任せて、あちきは帰ってかまわねぇでしょ？」

半睡は、さばさばした顔をしていった。

「旦那、そりゃ駄目です」

亀次郎が、きっぱりいった。

続いて、新之助も、

「そうですよ、父上は隠居したとはいえ、特別臨時同心なのですから」

亀次郎は困り顔で、新之助はいつにも増して生真面目な顔つきでいうと、

「あちきは、いつになったら楽隠居できるんでしょうねぇ……」

半睡は、ぶつぶつと独り言をつぶやいた。

「おい、仏を自身番屋に運んでくれ」

と、亀次郎が戸口に向かって大きな声を出した。

少しすると、番人たちが戸板を運んできて、仏の男を戸板に載せて半睡のそばをとおろうとした。

そのとき半睡が、

「ちょっと待った――」

と、いつになく真剣な顔つきになって仏に近づき、男の顔を改めてじっと見つめた。すると、左の首すじに小さな桜の花びらのようなあざがあるのを見つけた。

「旦那、どうしたんです？」

と、亀次郎。

「父上、知っている男ですか？」

続いて、新之助が矢継《やつぎ》ぎ早《ばや》に訊いた。

「男の顔とこの桜の花びらのような小さなあざ、どこかで見たことがあるような、ないような……」

「どっちなんです?」

亀次郎と新之助が焦れたように訊いた。

「そんなに急《せ》かされたら、思い出そうにも思い出せないでしょうにっ」

半睡は、ふたりを軽く睨みつけるようにしてそういうと、ふたたび亡骸に視線を移して、しばし、右へ左へと小首を傾《かし》げていた。

そんな半睡を、亀次郎と新之助は固唾《かたず》を飲み込むようにしてじっと見ている。

「ふむ――」

半睡が声を出した。

「思い出しましたか!?」

ふたりが声を揃えて期待を込めて目顔で訊くと、

「駄目です。思い出せませんねぇ」

半睡が、悪びれもせず、あっさりいうと、亀次郎と新之助は、げんなりした顔をして見合わせた。

三

大横川沿い一帯の夜鷹の元締めである常五郎は、亡骸が見つかった日陰長屋から二町ほどいったところの二階建てのしもた屋に住んでいる。

「常五郎、今朝がた早くに日陰長屋で男の仏が見つかったのは知っているだろ?」

居間に通され、常五郎のどこか狐《きつね》を思わせる顔の女房が冷たい麦湯を人数分出して奥の間に消えていったのを見計らって、亀次郎が口火を切った。

常五郎の歳は、亀次郎とおっつかっつのはずだが、鬢《びん》に白いものが多く混じっているせいだろうか、亀次郎よりずいぶん老けて見える。

上座には半睡が退屈そうな顔をして座り、その横に新之助、亀次郎が続いている。小太りでぎょろりとした大きな目に、酒焼けだろう、鼻のてっぺんを赤くしている常五郎が、三人と向かい合うように胡坐《あぐら》をかいて、不精ひげが伸びている顎をしごきながら話を聞いている。

「へい。殺されたのは、卯吉《うきち》って野郎で、おれの手下です」

常五郎は、あっさりいった。

亀次郎と新之助は驚いて顔を見合わせ、揃って半睡に視線を向けたが、半睡は驚く風もなく、煙管《キセル》を吹かして煙で輪を作っている。

「じゃあ、なんだってすぐに番屋に届け出なかったんだっ」

亀次郎が憤然《ふんぜん》と詰め寄ると、

「親分、そもそもおれは、お上に禁じられていることをしてるんですぜ。わざわざ番屋に出向いて、うちのもんが殺されましたってぇ届けるわけにいかねぇでしょう」

常五郎はまるで動じることも、悪びれる様子も見せず、むしろ堂々とした態度で答えた。

「おまえを今すぐしょっ引いてもいいのだぞっ」

新之助が腹に据えかねたとばかりに脅したが、

「若旦那、そんなことしたところで、おれが知らぬ存ぜぬを通せばいいだけのことで、卯吉殺しはうやむやになるだけですぜ、へへ」

常五郎はふてぶてしい笑みを浮かべていった。

「常五郎さん――」

それまでひと言も発せず、煙管を吹かしていた半睡が唐突に口を開いた。

「へ？　へい。日暮の旦那、なんでしょう……」

常五郎は、ふてぶてしい態度を一変させ、姿勢を正して半睡のほうへ身体を向けた。

「あちきの息子と亀さんに、それ以上舐めた口を叩くと、この場でおめぇさんを〝おろく〟にしてやることもできなくはないんだよ」

半睡は、抑揚のない静かな物言いをしたが、それだけにかえって本気さが伝わってきて、常五郎を身震いさせた。

〝おろく〟とは、死んだ人に唱える経の〝南無阿弥陀仏〟が六文字からできていることから、「死」を意味する隠語である。つまり、半睡は、常五郎をこの場で殺してやろうかといっているのだ。

「ひ、日暮の旦那、舐めた口だなんてとんでもねぇ。卯吉の亡骸はすぐに見つかって、だれかが番屋に届け出るにちげぇねぇし、そうなりゃあ、旦那たちや亀次郎親分が遅かれ早かれ、あっしのところにくるだろう。そのときに知っていることをすべて話そうと思っていたんでさぁ、へい。ですから、どうかお許しくだせぇ」

常五郎は、すっかり顔色をなくしていった。

「ひひひ……すっかり昔の旦那に戻ってくれた……」

亀次郎は、そう小さな声でだれにいうともなくうれしそうにつぶやいた。

「親分、父上は昔はあんな風だったのかい？」

そばにいる新之助が、亀次郎の耳元に囁《ささや》くように訊いた。

「へい。どんなにあくどいことをしているやくざもんだろうと、旦那に睨まれたら震え上がったもんでさ」

亀次郎は、うれしくてたまらないという顔をして、小さな声で答えた。

と、半睡は亀次郎と新之助のやりとりが耳に届いているのかいないのか、

「亀さん、新さん、さっさと訊かなきゃならねぇことを訊いて、帰りましょう」

何食わぬ顔をして促した。

「あ、はい――では、常五郎、卯吉はどうして空き長屋の日陰長屋にいったのだ？」

新之助が訊くと、

「へい。それがおれにもわからねぇんで。てぇのも、卯吉は夜鷹の見守り役をさせている野郎たちのひとりなんでやすが、昨夜はあっしのところに顔を出さなかったんでさ」

常五郎は、半睡の脅しがよほど効いたのだろう、すっかり心を入れ替えたようで、足を組み直し、正座して答えた。

大横川一帯の夜鷹たちの元締めである常五郎のもとには、その夜に出る夜鷹が挨拶《あいさつ》にくることになっており、揉《も》め事があったときのために、ひとりひとりの夜鷹に見守り役の男をそれぞれつけて、なにかあったら常五郎に知らせにくることになっているのだ。

「つまり、仕事からふけやがったてぇのかい?」

亀次郎が訊いた。

「へい」

「昨夜は何人、あの辺りに夜鷹が出ていたのだ?」

新之助が厳しい顔で問い質した。

「昨夜は八人でした」

「その八人の中で、日陰長屋で身体を売っていた女はいたかね?」

亀次郎が訊いた。夜鷹は日陰長屋のような空き長屋で男に抱かれる者もいれば、大横川の土堤下の河原の茂みに茣蓙《ござ》を敷いて事を済ます者もいる。見守り役の男は事が終わるまで、そばで目立たぬように立っている役目なのである。

「ひとりいやした。あ、そうそう。しかも、五つ半（午後九時）ごろ、日陰長屋で客を引いていた女と見守り役の八十吉《やそきち》という野郎が、〝だれか、助けてくれぇっ〟という声を聞いたそうですぜ」

常五郎が眉をひそめていった。半睡は、また煙管を吹かし、煙で輪を作って宙に浮かべ、それを見るともなしに見ながら黙ったまま三人のやりとりを聞いている。

「なんで、そういう大事なことを早くいわねぇんでぇっ。それで!?」

亀次郎は怒鳴りつけるようにいい、新之助とともに前のめりになって常五郎に迫った。

「へえ。で、客の男は恐ろしくなって逃げやしたが、八十吉と客を引いた女はいっしょに恐る恐る声がした部屋に入ったそうです」

「下手人《げしゅにん》を見たのかい!?」

亀次郎が勢い込んで訊いた。

「どうなのだ!?」

新之助も焦れている。

「それが、下手人はふたりとも見ていないそうでして——部屋に入ったら、卯吉はもう死んでいたといってやした」

常五郎が人が変わったように申し訳なさそうな顔をしていう。

「ちっ、そうかい……」

亀次郎が舌打ちすると、

「ですが亀次郎親分、それに若旦那、ほかの夜鷹から聞いた話でやすが、昨夜の五つ（午後八時）ごろ、見慣れない女が土堤をうろついていたそうなんですよ」

常五郎がもったいぶった物言いをしていった。昼間ならともかく、夜鷹以外の女が五つの夜更けに、物騒な大横川の土堤をひとりで歩くことはまずない。

「その女は、もぐりの夜鷹ってぇことかい？」

亀次郎がまた身を乗り出して訊いた。

「だと思うんでやすが、その女、手ぬぐいを吹き流しに被っていたものの、茣蓙は持ってなかったそうで……」

夜鷹にはおのおの客を引く持ち場が決まっている。もちろん、見つかればその持ち場の夜鷹に咎《とが》められ、見張り役の男に捕まって親方の常五郎のもとに連れていかれ、許しを得なければならない。

しかし、その女は、常五郎のところの夜鷹に見つかったとたん、まずいと思ったのだろう、足早にその場から去っていったのだという。

「その女は、どんな顔をしていたか見てるかい？」

亀次郎が期待を込めて訊いた。

「ちらっとしか見てねぇけれど、若くてきりっとしたきれいな顔の女だったって
いってました」

「そうか……」

亀次郎は、どうしたものかと半睡に視線を向けた。

と、半睡が煙管を吹くのをやめ、

「その八十吉という男といっしょにいた夜鷹、それにあのあたりをうろついてい
たという若い女を見た夜鷹を呼んでもらったらどうですか」

といった。

「旦那、そりゃまたどうして？」

亀次郎が意味がわからないという顔をして訊いた。新之助も不審そうな顔つき
で、半睡を見ている。

「どうしてって、なにか思い出すかもしれねぇからでしょうに」

と、半睡は飄々とした口ぶりでいった。

「なるほど」

亀次郎が感心した顔をしている。

「なるほどって、亀さん、あんたやる気あるんですか？」

半睡は、まるでふたりを説教するような口ぶりでいった。

「旦那、なにをいっているんですか。あっしが怠《なま》けているってぇいいてぇでんすかい!?」

と、亀次郎は、あんまりだといいたげに目を剥《む》いていうと、

「ほかのだれにいわれてもかまわないけど、旦那にだけはいわれたくねぇですよ……」

と、顔を横に向けて囁くように愚痴《ぐち》った。

「亀さん、なんかいいました？」

半睡は聞こえているのに、すっとぼけた顔で訊いてきた。

「へい、思わず心の声が漏れちまったみてぇですよ」

亀次郎が不貞腐《ふてくさ》れた顔でいうと、

「ほんと、しまりのねぇ心ですねぇ。あー、やだやだ」

と、半睡は憎々しい顔を拵えている。

「ところで、常五郎さん、卯吉ってぇのはいつからおめえさんのところで働くことになったんだね？」

　と訊いた。

「へい。一年ほど前《め》ぇです」

「その前はなにをしていた男なんだい？」

「それが卯吉は変わった野郎で、あっしともほかの手下や夜鷹たちともほとんど口を利いたことがねぇんです。あっしのところにくる前、どこでなにをしていたのか何度か訊いてはみたんでやすが、口を濁《にご》してばかりで打ち明けようとはしませんで――」

　常五郎は、子供が親に叱《しか》られるのを覚悟したような顔をして答えた。

「よほど、昔のことを知られたくねぇってことだろうな」

　亀次郎が腕組みしていうと、

「もしかすると、旧悪を背負っているのかもしれませんね、父上」

　新之助が端整な顔を険しくさせていった。

「卯吉はどこに住んでいたんだ？」

　亀次郎が訊くと、

「入江町の太郎兵衛《たろべえ》長屋でさ。おれに請け人になってもらいてぇっていったんで、もしかすると無宿人かもしれねぇし、卯吉って名も本名かどうか――」

　常五郎は急におどおどしだした。

「常五郎、おめぇ、事と次第によっちゃあ、お上から厳しいお咎めを受けることになるかもしれねぇぜ」

　再び、半睡は日暮慶一郎だったときの口調に戻って、鋭いまなざしを常五郎に向けた。

「ひ、日暮の旦那、知ってることはなんでもいいます。いや、卯吉殺しの下手人探しのためになんでもしますから、どうかお目こぼしを。このとおりですっ」

　髭面《ひげづら》でごつい顔をした常五郎は、ついには泣きそうな顔つきで畳に頭をこすりつけて頼み込んできた。

「じゃ、さっきのこと頼みましたよ。おめぇさんの手下の八十吉と夜鷹、それに若い女を見たという夜鷹につなぎがついたら、だれか人を寄越してください」

　日暮慶一郎から隠居の身に戻ったかのように砕けた物言いを半睡はすると、大刀を持って立ち上がった。

「へ、へい」

常五郎は、畳に頭をこすりつけたまま返事した。

「旦那、どちらへ？」

立ち上がった半睡に亀次郎が、ぽかんとした顔で訊くと、

「亀さん、卯吉と名乗っていた仏が住んでいた太郎兵衛長屋に決まっているでしように」

半睡は呆れた口ぶりでそういうと、部屋をあとにした。

四

太郎兵衛長屋に行こうと、半睡と亀次郎、新之助の三人が、北辻橋《きたつじばし》の袂《たもと》近くにきたときのことである。

突然、半睡が足を止めた。

「旦那、どうしたんですぅ？」

一歩下がって歩いていた亀次郎も足を止め、訝《いぶか》しい顔をして訊いた。

半睡の右隣を歩いていた新之助も同様に足を止めて、半睡の横顔を見ている。

「亀さん、向こうから歩いてくるあのふたり……」

半睡が、見ろとばかりに顎で指し示すと、

「へい……はて、あっしにはだれだか……」

亀次郎は目を細めて、遠くから自分たちのほうに歩いてくる男女を見つめたが、思い出せず首をひねっていた。

が、少しして、

「ん？――あっ、あれは、もしかして、あの、ほら、なんていいましたっけ？　えと……ああ、そうだ！　兼七《けんしち》とおすぎだっ、そうですよね？　旦那」

亀次郎が唖然《あぜん》とした顔でいった。

「知り合いですか？」

新之助も向かって歩いてくる三十男と三十の大年増《おおどしま》の女を見つめながら訊いてきた。

すると、近づいてきた男と女は半睡と亀次郎の姿が目に入ったとたん、ぎょっとした顔になって立ち止まった。

が、すぐに女のほうから近づいてきて、

「日暮さま、親分さん、お久しぶりでございます」

と、顔を強張らせながらも、気丈《きじょう》に挨拶した。

「ふむ」

半睡が鼻を鳴らすようにいうと、

「おめぇたち、よくお天道《てんと》さんの下を堂々と歩けるもんだなぁ……」

半睡の少しうしろにいた亀次郎が、ずいっと前に出ていって、兼七とおすぎをねめつけるようにした。

「親分さん、どうしてわたしたちがお天道さんの下を堂々と歩いちゃいけないんですっ」

おすぎは、気性の粗《あら》さをあらわにしていった。

「そ、そうですよ――さ、女将《おかみ》さん、まいりましょ」

兼七が目を泳がせながらいい、おすぎを引きずるようにしてその場から去っていくと、

「けっ、源作《げんさく》がこの世からいなくなっちまって、おめぇらのことを訴えることはもうだれもできねぇからな」

亀次郎は、ふたりの背中に向かって吐き捨てるように言葉をぶつけた。

「ったく、昼間だってぇのに、幽霊を見たような面ぁしやがったくせに――」

腹の虫がおさまらない様子の亀次郎が、ぺっと唾《つば》を吐いたときだった。

「！――亀さん、思い出しましたっ」

突然、半睡が真顔になっていった。

「思い出したって、なにをですかい？」

亀次郎がきょとんとした顔で訊くと、

「ほら、門前仲町《もんぜんなかちょう》の上総屋《かずさや》でもあったでしょうが。おすぎと兼七がやったことと同じようなことが」

半睡にしては、珍しく興奮した口調だった。

「？――あぁ、そういゃあ、あれは二年ほど前になりますかね。確かに似たようなことがありました！　ですが旦那、今回の殺しと上総屋の一件とはどういう関係が……」

亀次郎が言い終わるのを待たずに半睡は、

「半次郎《はんじろう》ですよ、上総屋にいた半次郎と卯吉って男、似てねぇですか⁉」

と慌てた顔をして訊いた。

「あ、いやぁ、どうですかねぇ。あっしは二年前に人相書きしか見てねぇですから、はっきりとは……」

亀次郎は困った顔をしている。

「あちきだって本人の顔は見てねぇでしょうが。しかし、半次郎の左の首すじに小さな桜の花びらのようなあざ、あったでしょ？」

「あ、思い出しました。へい、確かにあざがありましたね」

「卯吉にも同じあざがあったでしょうが」

「た、確かに！　てぇことは、半次郎と卯吉は同一人物!?」

「どうですかねぇ……」

「父上、わたしには、親分との話がまるで読めません。そもそもさっきのあのふたりとはどういうかかわりがあったのか、そこから教えてください」

と、半睡に問い質した。

するとそれまで足早に歩いていた半睡が、突然、足を止めた。

「ふむ。卯吉がもし半次郎だったとしても、死んじまって逃げるわけでもねぇですから、慌てることはねぇですね。腹が減りました。あのうなぎ屋で飯でも食いながら、新さんにいろいろと教えといてあげましょうかね」

半睡が顎で指し示した先を見ると、「うなぎ」と書かれた看板の店があった。

「あ、へい……」

亀次郎は、半睡の気の変わりようの早さに戸惑いながらも、すたすたとうなぎ屋に近づいていって店の戸を開けた。

時刻は昼四つ半（午前十一時ごろ）で、まだ昼飯には早いからだろう、店の中にはお客がひとりもおらず、店主の姿も見えなかった。

「おい、だれかいねぇのかい」

亀次郎が、まだおすぎと兼七のことで怒りが収まらないのか、怒鳴るようにいった。

「へ、へい。ただいま――」

慌てて料理場から出てきた店の主《あるじ》らしき男が、半睡と新之助、それに亀次郎の三人を見ると驚いて、棒立ちになった。

無理もない。小《こ》銀杏《いちょう》という独特な髷、長めの着流しに三つ紋付きの黒羽織、竜《りゅう》紋《もん》の裏付け、博多帯、裏白の紺足袋《こんたび》に雪駄履き、それに二本差しという同心ならではの恰好をしている新之助と、長い間にわたって定町廻り同心をしてきた半睡、それに岡っ引きの亀次郎が目の前にいるのだ。

「これはこれは日暮さまに、若旦那さま、亀次郎親分、お久しゅうございます」

五十を過ぎていると思われる小柄な店の主は、腰を低くして揉み手をしながら畏《かしこ》まって挨拶した。

「あそこ、いいかい？」

亀次郎が店の奥の小上がりを顎で指し示した。

「へい。どうぞ、どうぞ。とびっきり上等なうなぎをご用意いたしますので、少々お待ちくださいまし」

店の主はそういうと、手を叩いて小女《こおんな》を呼び、冷たい麦湯を持ってくるようにいった。

「父上、さきほど出会った男と女は、いったいどういうかかわりがあったのか教えてくれませんか？」

小上がりに腰を落ち着けるや、新之助が焦れたように訊いた。

「あちきは、この暑さと腹が減りすぎて話す気力がねぇです。亀さん、新さんに、ざっと話してやってくださいな」

半睡は腹をさすりながらいった。

「へい――若旦那、さっきの女は、旦那が古くから贔屓《ひいき》にしていた浅草広小路《ひろこうじ》の『信濃屋《しなのや》』という料理茶屋の女将でしてね。三年前、あの女将の亭主の源作にとんでもねぇ災難がふりかかったんでさ。そこで旦那も知らん顔はできなくてかかわりをもったってわけなんですよ」

亀次郎がそこまでいったところで、ちょうど小女が冷たい麦湯を運んできた。

「どんな災難だったのだ？」

新之助は麦湯をひと口飲み、亀次郎に話を続けるように促した。

「へい。当時、亭主の源作は三十八、女将のおすぎは二十七で、料理茶屋としてはめっぽう盛っていたんです」

「ふむ。しかし、わたしは『信濃屋』なんて店の名は聞いたことがないな……」

新之助が独り言のようにいって、小首を傾げた。

「そりゃそうでしょう。三年前、亭主の源作がぽっくり亡くなってしまって、それ以来、ぱったり店は流行《はや》らなくなったんですから」

「店を閉めたということなのかい？」

「いや、店はやっていたんですねぇ、旦那」

亀次郎が上座に座っている半睡に訊いた。

「あちきは、あんなことがあってから足が遠のきましたからねぇ。店は『信濃屋』の名のままだったんで、代替わりしたとばかり思っていたら、おすぎが続けていたようですねぇ。しかも、あの兼七とよりを戻して」

半睡はなんということもない顔をしていったが、呆れた物言いだ。

「父上、まだ話が見えません。よりを戻すってどういうことですか？」

新之助は眉をひそめて訊いた。

「新さん、おまきちゃんだって知ってるようなこと、訊かねぇでください――よりを戻すといったら、意味はひとつしかねぇでしょうに」

半睡が軽く睨みつけるように新之助を見ていうと、

「源作にふりかかった災難てぇのは、ぽっくり死んじまったことだけじゃねぇんですよ。死ぬ前に、源作の下で働いていた板前の兼七とおすぎが深い仲になっていたことがわかったんですよ」

と、亀次郎が付け加えた。

「あのふたりは、不義密通を働いていたということなのか？」

新之助は驚き、目を見開いていった。

「源作がいない今、はっきりそうとはいいきれねぇところはあるっちゃあ、あるんですが、まぁ、九分九厘間違いのねぇことですよ」

亀次郎がそういったところで、店の小女が飯の入った丼の上にはみ出すほど大きなうなぎの蒲焼《かばやき》が載ったのを三つ運んできた。

「ほお、こりゃ、うまそうですねぇ」

半睡は、おすぎと兼七のことなど、もうすっかり忘れているかのように、うな丼を見てうれしそうな顔をしている。

「しかし旦那、やっぱり怪しくねぇですかい？」

亀次郎がいったん手に持った箸《はし》を止めていった。

「なにがですか？」

「なにがって、三年前、旦那が睨んだとおり、源作はおすぎと兼七が殺《や》ったんじゃねぇんですかねぇ」

「親分、それはどういうことなのだ？」

丼を持っていた新之助が、手を止めて訊いた。

「あ、そうだ。事のはじまりからいわねぇとわかりませんやね。あのですね、『信濃屋』のおすぎは、さっきも見たように三十路《みそじ》になろうってぇのになかなかいい女だったでしょ。だから三年前は、源作の作る料理目当てに来る客たちもいたんですが、おすぎ見たさに来る客も多かったんですよ」

「ふむ。それで？」

新之助は、うなぎを口に運ぶことなく、興味深そうに聞いている。

「しかし、おすぎは当時二十七の大年増でしたからね、年々おすぎ目当ての客も少なくなっていたんでやすよ。それまで、さんざいい女いい女ともてはやされてきた女は、特に胸に穴が開いたように寂しくなるもんなようでして――」

「そんなおすぎの胸の穴に、つけ入ったのが、兼七というわけなのか？」

新之助が合いの手を入れるようにいった。半睡は聞いているのかいないのか、黙々とうな丼を食べている。

「源作とおすぎの間に子がいなかったのも、よくなかったんでしょうねぇ。で、どっちが先かわかりませんが、兼七とおすぎは体の関係を持つようになっちまったというわけです」

さすがに腹が減ってきたのだろう、亀次郎と新之助もうな丼を食べはじめた。

「兼七とおすぎが深い関係になっていると、源作が知ったのはどういうことからなのだ？」

新之助が口に入れたうな丼を飲み込んで訊いた。

「浅草で『信濃屋』より有名で店の構えも大きく、源作も若いときに修業した料理茶屋『喜八楼《きはちろう》』で、同業者の寄り合いがあった日のことです――」

亀次郎の話によると、その場には江戸じゅうの料理茶屋の主たちが一堂に会して、今後の展望を話し合ったという。

五

源作も当然、寄り合いにいったが、その日に限って気分がすぐれず、酒宴がはじまる前に辞して、『信濃屋』に戻った。

ところが、おすぎの姿が見当たらない。奉公人たちもおすぎの姿は見ていないという。

源作は別棟になっている住まいのほうにいった。

と、おすぎがいつも履いている下駄と草履《ぞうり》が玄関に揃えてあった。

家の中に灯りはなかったが、耳を澄ますと、ときたま遠くからくる縁者を泊める奥の一室のほうに人の気配がした。

源作は手燭を持って忍び足で近づき、襖《ふすま》に耳を近づけてみた。

すると、女の声が漏れてきた。しかも、明らかに悦楽の叫びを殺している艶《なま》めかしいもので、次第に大きくなってゆく——源作の鼓動《こどう》は激しくなり、それでも確かめずにいられなくなって、襖を少しだけそっと開けて室内を見た。

すると部屋の真ん中に夜具が敷いてあり、裸の男女が身体を重ねていた。

女は、おすぎであり、男は兼七だった。おすぎは口を真一文字にきつく結んで声を殺そうとしているが、快楽の極みに達し、やや垂れ気味になっている大きな乳房をのけぞらせて狂乱のときを迎えた。

兼七は兼七で激しく腰を動かし続けている。すると、おすぎは、ついに泣き狂った悲鳴を絞り出しはじめた。

源作は、放心したように棒立ちになったまま、ふたりの交合を眺めていた。

（おれは悪い夢を見ているのか……）

顔から血の気が引いていくのを感じながら、源作は胸の内でつぶやいていた。

だが、目の前で繰り広げられていることは現実だった。

やがて、悦楽の絶頂に上り詰めたおすぎは、あられもない姿のまま、夜具の上で死んだようにぐったりとなった。

兼七もまたそのおすぎの横で寄り添うように、ぐったりとなった。

「死ぬかと思うほどよかったわ……」

少しすると、ぐったりしていたおすぎが半身を起こして、兼七の胸に縋《すが》りついた。

そのときである。おすぎは、開かれている襖から差し込んでいる灯りに気がついた。

「きゃっ！……」

おすぎは、裸のまま、兼七の胸から飛びのいた。

「どうしました――うわっ！……」

兼七も手燭を持った源作が、恐ろしい形相《ぎょうそう》で棒だちになっているのに気づき、夜具から飛びのいた。

姦通は命懸けでするものだ。しかし、源作が寄り合いに顔を出すときは帰りが遅くなるのが常で、おすぎと兼七はすっかり油断したのである。

驚愕《きょうがく》しているふたりは、身体を小刻みに震わせながら、着物を手に取って裸を隠すのが精いっぱいだった。

おすぎと兼七は、源作に殺されるという恐怖に怯《おび》えていたが、源作は部屋の中に足を踏み入れようとはせず、襖を閉じて玄関へと向かった。

その夜、源作は亀次郎が営む船宿の「大黒屋」を訪れ、「信濃屋」のひいき客の日暮慶一郎こと半睡に相談事があるので呼んで欲しいと頼み込んだ。

尋常ではない様子を感じた亀次郎は、手下を八丁堀に走らせ、半睡を呼びにいかせた。

「源作、姦夫《かんぷ》姦婦《かんぷ》の始末のつけ方は、三つあることは知っているかい？」

まだ隠居していなかった半睡は、定町廻り同心の口調で訊いた。

「へい」

源作は、いまだに顔色を失ったままで答えた。

女房がほかの男と密通したときの始末は、三通りある。

ひとつは、『二つに重ねておいて四つにする』——この意味は、女房と密通した男をその場で殺すことである。

源作のように、女房と密通している現場を押さえた亭主は、その場で殺すことが多いのだが、この場合の殺人はお上公認の罰であるから、ふたりを殺しても亭主にお咎めはない。

二つ目は、奉行所に訴え出ることである。姦通罪は男女ともに死罪と定められているから、おすぎも兼七も死刑に処せられる。

三つ目は示談——姦夫が亭主に金を払って、目をつむってもらうのである。このときの金額は、七両二文と決まっている。死罪になって首が飛ぶのを免《まぬが》れるので、首代ともいう。

「この三つのうちのどれかを選ぶことになるが、どうするかね？」

半睡が、おっとりした口調で訊いた。

すると、源作は、

「いずれも、控えさせていただきたく思います」

と、意外なことを言いだした。

「そいつはまたどうしてだね？」

虚を突かれた半睡は、思わず前のめりになって訊ねた。

「ひとりは女房、もうひとりは弟子です。そんなふたりの命を奪うことなど、あっしにはどうしてもできません。それにあっしは料理人として、なんとしても『信濃屋』の暖簾《のれん》と看板、それに奉公人たちを守ることがなによりだからです」

源作は、苦しそうに顔を歪めていった。

源作が現場となった『信濃屋』の別棟とはいえ住まいで、『二つに重ねておいて四つにする』ことを選べば、人々は血の海となった『信濃屋』から足を遠のけるだろう。

奉行所に裁きを任せても、結果は死罪だということはだれしもわかっていることで、江戸では『信濃屋』の女将は、主の弟子の料理人と密通して死罪になったという評判が瞬《またた》く間に広がるだろう。

となれば、『信濃屋』に対する世間の評判が悪くなり、客足が遠のく点で変わらない。

女将が死罪になった店で飲み食いしても到底気晴らしにはならないし、陽気に騒ぐのも遠慮したくなるのが人情というものだろう。

では、首代をもらって示談にしたらどうなるか——そのことが噂《うわさ》になれば、『信濃屋』はそこまで金に困っていたのかと世間の笑い者になってしまいかねず、『信濃屋』の主として名折れになり、店を畳んで浅草から逃げ出すよりほかなくなってしまう。

だから、源作は、今回の不義密通の始末をどうしたらいいのか、三つの方法以外になにかいい手はないものかと日暮慶一郎に助けを求めたいとのことだった。

「おすぎの郷里はどこだい？」

しばし、空を睨んで思案していた半睡は、源作に視線を向けて訊いた。

「常陸《ひたち》の国ですが……」

源作は不安そうな顔をしていった。

「ふむ。遠くて好都合だな。おすぎに江戸にいられたんじゃ、どんな噂が流れるかわかったもんじゃない。気鬱《きうつ》になったてぇことにして、去り状をしたためて郷里に帰らせたらどうだね」

離縁したとなれば、噂が噂を呼ぶだろうが、内実は離縁だが表面上は気鬱の病ということにして実家に帰らせたということにすれば、源作の体面を保つことができると半睡は考えたのである。

「兼七の親は、どこに住んでいるんだい？」

半睡が続けて訊いた。

「へい。上野《うえの》の池之端仲町で『池田屋《いけだや》』という料理茶屋をしています」

源作が答えると、

「そっちはおれが話をつけてやる。親に事情を話して勘当させて、兼七を佃島《つくだじま》の人足寄せ場にいかせることにしよう」

と、半睡こと日暮慶一郎はいったのだった。

六

「さすが父上、うまい解決方法を考えたものですねぇ」

話を聞き終えた新之助が、感心した顔つきでいった。

「しかし、それがうまくいかなかったんでさ。いや、うまくいかなかったどころか、とんでもねぇことになっちまったんですよ」

残ったうな丼を平らげた亀次郎が、箸を置いていった。

「どういうことなのだ？」

新之助がまた眉をひそめて訊いた。

「そんなことがあった二日後のことでさ。こともあろうに、源作があっけなく、ぽっくり死んじまったんですよ……」

亀次郎が苦虫を噛み潰《つぶ》したような顔を拵えていった。

「源作が死んだ？　それも、そんなことがあった二日後に!?」

新之助も驚きを隠せない顔つきだ。

「しかも、おすぎはまだ源作の家にいたんですよ。朝、源作がいつまでも起きてこないので、源作の寝部屋にいったら眠るように死んでいたと、おすぎ自ら自身番に届けを出したんでさ」

「それでどうなったのだ？」

「浅草広小路は、日暮の旦那じゃなく、門田《かどた》栄之進《えいのしん》さまの廻り筋ですからね。門田さまと検死の医者が診立《みた》てたところ、特に不審な点はなかったし、おすぎが以前から源作は心ノ臓が弱っていて薬を飲んでいたという証言をしたことから病死と判断されたんでさ」

亀次郎は、そのときのことを改めて思い出しているのだろう。悔しそうに唇を嚙み、眉を寄せて険しい顔つきでいった。

「そんな馬鹿なっ。父上、おすぎと兼七が不義密通を働いたことを門田さんに伝えたのでしょ？」

新之助は中《ちゅう》っ腹《ぱら》を立てている。

「はい」

半睡は、あっさり答えた。

「殺したことがわからないようにするやり方は、いくらでもあるでしょ！　例えば――そうだ。眠り薬を酒かなにかに混ぜて飲ませて、深く眠り込んだところで顔に濡れた紙を貼るとか――おすぎと兼七は、不義密通をなかったことにするために源作を殺したにちがいありませんよっ」

新之助は怒りと苛立《いらだ》ちを顕《あら》わにしている。

「あのね、新さん、そんなこたぁ、あちきだって、亀さんだって考えたに決まっているでしょうが。しかし、証拠がねぇんですから、しょうがねぇでしょうに。

それにね、おすぎと兼七が、不義密通なんてとんでもない。自分たちは、決してそんなことはしていないと言い張ったし、だいたい門田の廻り筋で起きたことですよ。あちきがどうのこうのと口を挟むわけにいかねぇでしょうが」

半睡は飄々とした顔つきで、爪楊枝《つまようじ》で歯に挟まったものを取り除きながら答えた。

「それはそうですが……」

新之助は納得がいかないという顔をしていたが、思い直したように今度は、

「では、父上、『上総屋』で、おすぎと兼七がやったことと同じようなこととは、どんなことなのですか？」

新之助が訊くと、半睡は「げふっ」とげっぷを出し、

「今度は腹がいっぱいで眠くなってきちゃいました。亀さん、話してやってください」

と、また亀次郎に話すように促し、壁にもたれて目をつぶるとすぐに寝息をたてはじめた。

「若旦那、あれは二年前のことでした——」

亀次郎が話しはじめた。

七

『上総屋』は、門前仲町にある呉服商の大店である。店の主は九兵衛《きゅうべえ》といって当時三十九で、お内儀はおたみというのだが、おたみは跡取り息子を産んでしばらくすると、胸に質《たち》の悪いしこりができたのが原因で亡くなってしまっていた。

そして、長女のお文《ふみ》が十四、跡取り息子の宗吉《そうきち》が十二のとき、九兵衛に後添《のちぞ》いの話が持ち上がった。九兵衛と在所が同じ市原《いちはら》の宿屋の娘で、三十になるお辰《たつ》である。

しかし、このお辰は美貌《びぼう》の持ち主ではあったが、とにかく身持ちが悪く、男なしにはいられない質で、嫁入り先を三度も追い出されたという強者《つわもの》だった。

もちろん、そんなことは伏せられて、九兵衛の耳に入ることなく、まんまとお辰は上総屋に後添えに入ることができた。

ところが、うまくいっていたのはほんの最初のうちだけで、ひと月もすると半次郎という男が突如、手代として入ってきた。

上総の市原の在で、お辰とは幼馴染《おさななじ》みという触れ込みだったが、まず奉公人たちが半次郎の言葉を信じなかった。それというのも、半次郎は中背のほっそりした男で、男ぶりもたいそういいのだが、こけた頬のあたりや、ふとしたときに見せる目配りに、まともな世渡りをしていない男の荒《すさ》んだ影をだれもが感じ取っていたからである。

それにお辰と半次郎が、しょっちゅう視線を合わせては思わせぶりな笑みを浮かべているのを、奉公人たちは日に何度も見ていて、やがて九兵衛もふたりの仲を怪しむようになっていった。

そんなある日のことである。別棟になっている土蔵の中へ、お辰と半次郎が入っていくのを九兵衛は見たのだった。

九兵衛は心張棒《しんばりぼう》を持って、土蔵の扉を開いた。すると、目の前で全裸のお辰と半次郎が絡《から》み合っていたのである。半次郎はお辰の腰を抱え込んで、激しく腰を動かしている。お辰はお辰で、たわわな乳房を大きく揺らしながら、泣いているような歓喜の声を発し続けている。

九兵衛は頭に血が上り、心張棒を持ち上げて、

「おまえたち、二つに重ねて四つにしてやるっ！……」

と、叫んだ。

女房の姦通は男とその場で殺しても罪にはならないことを、九兵衛は十分知っていたのである。そして、九兵衛は鬼の形相で心張棒を大きく振り上げた。

が、そんな九兵衛の姿を見ても臆《おく》するような、お辰と半次郎ではなかった。

半次郎は土蔵の中にあった鎌《かま》を手にし、お辰は近くにあった鍬《くわ》で九兵衛に殴りかかったのである。

そして、九兵衛は半次郎の鎌とお辰の鍬で切り刻まれ、蘇芳《すおう》の樽《たる》を浴びたような血塊となって、その場で絶命した。

返り血を浴びて血だらけの半次郎とお辰は土蔵から逃げ出したが、九兵衛の絶叫を聞きつけてやってきた奉公人たちが自身番屋に駆け込み、黒江《くろえ》川《がわ》に架かる八《はち》幡橋《まんばし》の手前で、お辰は捕らえられた。

九兵衛殺しで死罪、手代との姦淫《かんいん》で死罪と、命が二つあっても足りなかったほどの罪を犯したお辰は、市中引き廻しのうえ獄門《ごくもん》という裁断が下されて、鈴《すず》ヶ《が》森《もり》の刑場へ送られた。

一方、半次郎は、捕らえられることはなかった。どこをどう逃げ果たせたのか、一年近く探索が続けられたが半次郎を見つけることはできなかったのである。

「それで、半次郎は無宿人となったわけだ……」

亀次郎から話を聞き終えた新之助が難しい顔つきでいった。

「へい。しかし、あの半次郎の野郎が卯吉と名乗って、また江戸に舞い戻ってきていたとはねぇ」

亀次郎が懐手《ふところで》をしながら憤然としていると、

「まだ、そうと決まったわけじゃねぇでしょう……」

気持ちよさそうに居眠りしていた半睡が、ちょうど話し終えたときに目を覚まし、両手を宙に伸ばして大きなあくびをしながらいった。

「へい。まぁ、そうですが……」

「新さん、あんた奉行所の例繰方《れいくりかた》にいって、半次郎の人相書きを持ってきてください」

半睡が唐突にいった。

「あ、はい」

「亀さん、いきますよ」

「へ？　どちらに？」

「亀さん、あんた、ボケちゃったんですか？　ここのうなぎ屋に入る前に、卯吉が住んでいた太郎兵衛長屋にいこうっていったでしょうが」

半睡は亀次郎を軽く睨みつけると刀を持って立ち上がった。

「あ、そうでやしたね」

恥ずかしそうに鬢のあたりをぽりぽり掻きながら亀次郎が半睡のあとに続くと、
雪駄を履いた半睡が、ふと思い出したようにうしろにいる新之助に顔を向けた。

「あ、新さん、あちき、銭入れ忘れてきましたから、ここのお代、頼みます」

半睡は悪びれることなくいうと、そそくさと店の出口に向かっていった。

うなぎ屋を出ると、いつしかお天道さまが空の真上に上がっていて、じりじりと音が聞こえてきそうなほど陽射しが強くなっていた。通りには風鈴や金魚を売る棒手振りが声を張り上げ、往来する人々はまぶし気な顔をしながら汗を拭いて歩く者が多くいる。

半睡と亀次郎は大横川沿いを北に向かって入江町を目指し、三人分のうな丼のお代を支払って少しあとに店から出てきた新之助は、反対側の竪川《たてかわ》沿いの通りに向かって歩き出した。

「父上、親分、それではのちほど」

新之助は生真面目な顔でいうと、足早に歩いてあっという間に姿が見えなくなった。

八

入江町の太郎兵衛長屋は、間口九尺奥行二間の十棟の棟割で、いつ倒れてもおかしくないほどぼろい裏店だった。

木戸を見ると、卯吉の住まいは一番奥の総後架《そうこうか》の近くで、家賃がもっとも安いところだった。

「ちょいといいかい」

井戸端で洗い物をしている長屋の女房ふたりに、亀次郎が声をかけた。どっちも化粧っ気のまったくない三十半ばの大年増で、ひとりは細い体をしているが、もうひとりはずんぐりむっくりしている。

「なんでしょう?」

ふたりの長屋の女房が声を揃えていいながら顔を上げ、亀次郎と半睡を見たとたん、女房ふたりは顔を引きつらせた。半睡は同心には見えない出で立ちだが、長い間、定町廻りをしていたし、岡っ引きの亀次郎の顔を知らない者など深川にはまずいないのだ。

「卯吉ってぇ男の家は、そこかい？」

亀次郎が一番奥の家を顎で指し示して訊いた。

「はい。そうですけど……」

体の細いほうの女房が答えた。

「どんな野郎だい？」

「どんなって……」

ふたりとも洗い物の手を止め、困った顔をして互いの顔を見合った。

「あたしたち、あの人と話したことないんですよ。あたしたちだけじゃなくて、卯吉って人、ここの住人とはだれとも口を利かないんじゃないかしら。ねえ？」

ずんぐりむっくりした体型の女が、体の細い女に相槌《あいづち》を求めた。

「うん。だれかと話しているの、見たことありません。昼間は家にいるようでしたけど、夕方ごろにどこかへ出かけていくようでしたよ。なんの仕事をしているのかも、だれも知りません。そこの卯吉って人、なにかしたんですか？」

体の細い女は、不安そうな顔で訊いてきた。

どうしましょうか？――亀次郎が、半睡に顔で訊いてきた。半睡は、黙って頷《うなず》いた。

「近くの空き長屋で殺されてな」

亀次郎の言葉をきいたとたん、長屋の女房ふたりは体をのけぞらせるようにして驚き、顔色をなくして、口をあんぐり開けている。

「卯吉を訪ねてくるもんを、見たことねぇかい？」

亀次郎が訊くと、長屋の女房ふたりは、言葉は発せず、顔を強張らせたまま首を何度も横に振るだけだった。

「そうかい――」

亀次郎が、また半睡に「どうしましょうか？」という顔を向けると、半睡は頷き、卯吉の部屋に入ろうと顎で指し示した。

「ありがとよ」

亀次郎は井戸端にいる長屋の女房ふたりに礼をいうと、半睡とともに卯吉の部屋の前にいき、腰高障子を開けて中へ入っていった。

部屋の中は暑気でむんむんしていたので、戸口を開けっぱなしにした。部屋は調度類や家具類も一切なく、生活の匂いをまったくさせなかった。

あるのは畳の上に敷きっぱなしのせんべい布団だけで、まさに寝に帰るだけに使われていたようだ。

しばらくすると、

「あのぅ、すみません。わたしは、この長屋の大家で表通りで太物屋《ふとものや》を営んでおります、俵屋《たわらや》太郎兵衛ですが……」

といって、開けっ放しの戸口から六十過ぎと思われる老人が入ってきた。そのうしろには、井戸端にいた長屋の女房ふたりが心配そうな顔をして立っている。亀次郎から話を聞いて不安になった長屋の女房ふたりが、大家に知らせにいったのだろう。

「いいところにきてくれた。ここに住んでいた卯吉のことで訊きてぇことがある」

亀次郎が懐から十手を取り出していった。

「は、はい。なんなりと……でも、その前に、卯吉が近くの空き長屋で殺されていたというのは本当のことでしょうか？」

太郎兵衛は曲がった腰をさらに曲げていった。

「ああ。長崎町の日陰長屋と呼ばれている空き長屋で仏になっているのが見つかってな」

亀次郎が答えると、太郎兵衛は皺《しわ》で弛《たる》んでいた目をくわっと一瞬見開いて驚き、すぐに目をつむって「南無阿弥陀仏、南無阿弥陀仏……」と、小さな声でつぶやいた。

「ところで、大家さんよ。この長屋に卯吉が移り住む際、請け人になったのは常五郎という男に違《ちげ》ぇねぇかい？」

「はい。そのとおりです――」

「卯吉の身元はちゃんと調べたのかい？」

太郎兵衛は顔を歪めた。

「いえ、それが……大横川一帯の夜鷹の元締めの常五郎親方が、請け人になるから住まわせろと強引にいうもので……」

「金を多めにもらって、住まわせることにしたのかい」

亀次郎が見下したように見ていった。

「それはそのぅ、はい……あの、わたしはお咎めを受けることになるのでしょうか？」

太郎兵衛が、おずおずと半睡と亀次郎の顔色をうかがいながら訊いたときだった。

「ただいま、戻りました」

と、息を切らし、汗だくになっている新之助が部屋に入ってきた。

「新さん、半次郎の人相書き、ありましたか？」

半睡が訊くと、

「はい。ありました。これです」

新之助が、懐から大切そうに一枚の紙を取り出して、半睡に渡した。

受け取った半睡は、それを開いて自分の目でじっと見つめて確かめると、やはり左の首すじに小さな桜の花びらのようなあざが描かれていた。

「太郎兵衛、そこにいるおめぇさんたちも、この人相書きを見てくれ。卯吉かい？　それとも別人かい？」

太郎兵衛と戸口に立っている長屋の女房ふたりを呼んで、人相書きを見せた。

半睡は死に顔の卯吉は見ているが、半次郎本人の顔は見ていないし、あれから二年経っている。左の首すじに同じ形のあざがあり、顔立ちも似ているとは思ったが、確信は持てないでいるのだ。それは、亀次郎も同じようで、腕組みをして首を右へ左へ傾げて見ている。

すると、太郎兵衛が、

「旦那、この男、卯吉に似ています。この左首の桜の花びらみてぇなあざもあるし。しかし、卯吉には左眉の端に斬り傷がありましたが、この人相書きにはありませんし……」

といった。

半睡は太郎兵衛にそういわれて思い出した。戸板に乗せられて卯吉の亡骸が運ばれる際、半睡が止めて顔を見たとき、確かに卯吉の左眉には古い斬り傷があった。

しかし、上総屋から逃げてからこの二年の間に、刃傷沙汰《にんじょうざた》を起こしてついたものだということも十分に考えられる。

「おかみさんたち、あんたたちはどうだい？」

亀次郎が訊くと、

「はい。首すじのあざといい、顔も似ているといわれれば、似ているけど……でも、卯吉さんはもっと頰がこけていたし、なんかこうやさぐれた感じっていうか……あんたはどう思う？」

と、細い体の長屋の女房が、ずんぐりむっくりの女房に訊くと、

「うん。卯吉さんは月代も伸び放題だったしねぇ。この人相書きの人と似ていなくはないけど、同じ人かといわれると、どうかしらねぇ……」

といった。

「太郎兵衛、卯吉を訪ねてきた者は、だれひとりいなかったというのは本当か？」

　半睡が念を押した。

「ええ。卯吉は変わった男だという評判でした。長屋の衆のだれとも言葉を交わしたことがないし、挨拶しても知らん顔。そのうえ、だれひとり訪ねてくる者もいないと以前から耳にしていました。あ、しかし――」

　太郎兵衛が急に大事なことを思い出した顔つきになった。

「どうしたい？」

　亀次郎が眉根を寄せて訊いた。

「はい。あれはひと月ほど前になりますか。卯吉の隣に住んでいる渡り大工の蓑《みの》吉《きち》が店賃を溜めておったものですから催促にいったのですよ。そのとき、そこの物陰に隠れるようにして卯吉の家をじっと見ている、若くてきれいな娘さんがおりました」

「若い娘？」

　亀次郎と新之助が声を揃えていった。

「はい。長屋の住人じゃありませんし、きれいな娘さんでしたから、卯吉に用でもあるのかねと訊きましたら、なんにもいわずに逃げるようにしていってしまいました。それ、たった一度切りですから、余計に覚えています」

太郎兵衛は自信満々にいった。

「そうかい。人相書き相手にどんな顔をした娘さんか、事細かに話せる自信はあるかね？」

半睡が訊くと、

「はいっ、あります」

太郎兵衛は自信をもって答えたがすぐに、

「ところで、旦那、わたしにできることならなんでもしますから、凶状持ちかもしれない卯吉をここに住まわせたことはどうかお目こぼし願えないでしょうか」

と、半睡に泣きつくようにいった。

「うむ。考えておこう。その前に自身番にいって、その娘さんの人相書きを作ってもらうぜ」

半睡はそういうと、太郎兵衛を伴って長屋をあとにした。

九

自身番屋に太郎兵衛を連れていき、人相書き職人を使って、若い娘の人相書きを作らせている間に、半睡と亀次郎、新之助の三人は、門前仲町の『上総屋』に向かった。

『上総屋』に着いた時刻は昼八つ半（午後三時ごろ）で、店先には屋号を白字で染め抜いた紺地の大きな日除け幕が軒先から地面に下ろされ、そこからひっきりなしにお客が出入りしている。

半睡たちは裏口に回り、勝手口から家に入って、おとないを告げた。すると中年増の女中がやってきた。

新之助が十手を見せながら、主に用があってきたと伝えると、女中は驚いた顔をして、

「は、はい。ただいま、すぐに呼んでまいります――」

といって去っていった。

「お待たせいたしまして、誠に申し訳ございません――」

少しすると、上物《じょうもの》の着物を着た五十過ぎのやせ細った男が、腰をかがめて顔を伏せるようにしてやってきて、

「しかしながら、手前どもの旦那様は、ただいま出かけておりまして――あっ……」

顔を上げて、半睡たちを見ると、男は目と口を大きく開いて固まったようになった。

「久しぶりだな。確か、おまえさんは、この店の番頭で、与之助《よのすけ》ってぇんじゃなかったかい？」

半睡が、薄い笑みを浮かべて、おっとりした口調で訊いた。

「こ、これは日暮さまに亀次郎親分さん、お久しゅうございます。おっしゃるとおり、わたしは、上総屋の番頭、与之助でございます。その節は、たいへんご迷惑をおかけいたしました」

与之助は、半睡たちの前で腰を落とすと、床に頭をこすりつけんばかりにして辞儀した。

「いやいや、ここの主だった九兵衛を殺した半次郎を取り逃がす失態をして申し訳ねぇことをしたのは、あっしたちのほうだ。顔を上げてくれ」

半睡がいうと、与之助は顔を上げて、ほっとした顔を見せ、

「あのぅ、今日はどのようなご用件でいらしたのでございましょうか」

と訊いてきた。

「ふむ。この店は二年前のあの事件があってから、殺された九兵衛の弟で、暖簾分けしてもらって神田《かんだ》で呉服商をしていた徳右衛門《とくえもん》が、跡取り息子の宗吉が商いを覚えるまでこの店、上総屋を取り仕切って面倒を見るということで話がまとまったのだったな」

半睡は滑《なめ》らかな口調で確かめた。

「はい。さようでございます」

「お文と宗吉は、その後どうしてる？」

「どうしていると、申されますと？……」

与之助の顔に一瞬、暗い影が射した。

「元気で暮らしているかい」

「あ、はい、それがそのぅ……」

しどろもどろになった与之助は懐紙《かいし》を取り出して、額に浮かび出した汗を拭《ぬぐ》いはじめた。

「どうかしたのかい」

不穏なものを感じた半睡が眉根を寄せて、なおも問い質すと、

「あ、はい。実は、お文お嬢様と宗吉ぼっちゃんは三月《みつき》ほど前に家出されまして
……」

与之助は悔やんででもいるのか、膝に置いた手をぎゅっと握りしめていった。

「家出した？　いってぇどういうことだい」

半睡がいうと、

「はぁ。このことは旦那様に口外するなときつくいわれておりますので、くれぐれもわたしから聞いたということは、ご内密にしていただきとうございます」

「わかったから、早く話さねぇかっ！」

亀次郎が中っ腹を立てて、怒鳴りつけるようにいった。

「亀さん、与之助が悪いことをしたわけじゃねぇでしょうに」

半睡は、与之助が話しやすいようにするために、軽く亀次郎をたしなめた。こうした亀次郎とのやりとりは、阿吽《あうん》の呼吸である。

「は、はい。実は三月ほど前、お文お嬢様と宗吉ぼっちゃんが突然いなくなりまして、それぞれの室内を調べたところ、着物などを持ち出していたことがわかっ

たうえに、帳場の銭箱から二十両ほどが持ち出されていたのでございます」

「お文と宗吉がどうしてそんなことをしたのか、どこへいったのか心当たりはねぇのかい？」

半睡が訊いた。新之助は、ずっと半睡と亀次郎の横で黙ってなりゆきを見ているだけである。半睡の堂々とした同心ぶりを見て、余計な口出しをしないほうがいいと思っているのだろう。

「はい。それが、わたしどもには、さっぱり……」

与之助は言葉を濁した。

「九兵衛の弟の徳右衛門とふたりの間は、うまくいっていたのかい？」

亀次郎が、与之助をじっと見つめて訊いた。正直に答えないと許さねぇ、と目がいっている。

「それはわたしの口からは……」

この物言いから察してください――与之助の目がそう答えている。

「お文と宗吉が店の金、二十両を盗んで家を出たからといって、主の徳右衛門がお上に届け出なかったのはわかる。上総屋の恥になることだし、一方の上総屋の娘、お文と息子の宗吉に、自分たちの家の金をどう使おうと文句をいわれる覚えはねぇといわれりゃ、それまでのことだからな。だが、番頭さんよ、あんた、お文と宗吉がどこへいったのか、ほんとうに心当たりがねぇのか？　探そうとしたのか？」

亀次郎が番頭の与之助をなじるような口調で問い質した。

「はい。あの子らのことは構うな。探す必要はないと旦那様にきつくいわれたもので……」

与之助は体を小さくさせて、申し訳なさそうに答えた。

「ところで、与之助、ここ最近、半次郎を見たことはねぇかい？」

半睡が話の流れを無視するかのように、唐突に訊いた。

「へ？」

与之助はきょとんとした顔をして、素《す》っ頓狂《とんきょう》な声を出すと、

「半次郎といいますと、あの半次郎のことでございますか？」

と、気を取り直して訊いてきた。

「ふむ。そうだ」

「まさか、江戸に舞い戻っているのですか？」

与之助は顔を強張らせ、唖然としている。

「与之助、殺された卯吉って男と半次郎が同一人物か見てもらいてぇ。そのあとで、いっしょにきてもらいてぇところがあるんだが、いいかい?」

半睡がいうと、与之助は亀次郎と新之助の顔も見た。

すると、二人の真剣な面持ちから断ることなどできるはずもないと思ったのだろう、

「はい。店の者に出かけてくると伝えてきますので、しばしお待ちください」

といって、そそくさと勝手口から奥へと去っていった。

十

三日後の夜五つ半(午後九時ごろ)——。

仄《ほの》かな月明かりの下、半睡と亀次郎、新之助、そのうしろを三十過ぎと思われるひどく顔色の悪い痩せた女がひとりついて歩き、大横川沿いの通りの入江町の路地を左に折れて入っていった。

そのまままっすぐ進むと、役宅が並ぶ永倉町《ながくらちょう》になり、その裏路地を少しいくと八兵衛《はちべえ》長屋が見えてくる。

四人はその八兵衛長屋の木戸をくぐると、とっつきにある家の前で足を止めた。そこだけ薄暗い明かりが点いている。ほかの家は、すべて真っ暗だった。こうした長屋の住人は油代を節約するために、早々に寝てしまうのだ。

そんな中、一軒だけ油代を惜しまない家の戸口の前に立った四人のうち、亀次郎が一歩前に出て、

「夜分すまねぇが、岡っ引きの亀次郎ってぇもんだ。入《へ》えるぜ」

といって、住まいの入り口の建付けの悪くなっている腰高障子を力任せに音を立てさせながら開けた。

家の中は、狭苦しい土間に竈《へっつい》、水甕《みずがめ》の他に鍋釜、料理用品が棚に並び、掃除道具などでいっぱいだった。

部屋は四畳半が二間あり、奥の部屋が寝間らしく、綿がはみ出た布団の上に宗吉と思われる男の子の寝姿が、障子の隙間から見えていた。

手前の四畳半では、老婆が縫物をしていて、その隣で縫い方を教えもらっているのだろう、きりりとした美しい顔立ちの若い女の姿があった。

狭い土間に四人も詰めていては、息苦しくてしょうがない。半睡は、新之助と亀次郎に前にいけと顎で指し示した。ふたりに敷居をまたがせた半睡は、連れて

きた女と障子の外に立ったままでいた。

「おれは、南町の廻り方、日暮だ。この人のことは知っているだろう、岡っ引きの亀次郎親分だ。おまえは、上総屋の娘、お文だな」

新之助が十手で指して訊くと、

「はい」

と、お文は神妙な面持ちで答えた。しかし、同心である新之助を恐れる風はまるでなく、しっかり視線を合わせている。気性が激しいというのではなく、肝《きも》が据わっているといったほうがいいのかもしれない。

「奥の間で寝ているのは、弟の宗吉だな？」

亀次郎が訊いた。

「はい」

お文は、亀次郎にも動じることなく、はっきりとした口調で答えた。

三月ほど前に家出したお文と宗吉の行方を半睡は、亀次郎と彼のもとで下っ引きをしている三十人以上もの人間を使って本所、深川の隅々を探させ、二日間かけてついに見つけだしたのである。

「起こしてきてもらおうか」

新之助がいうと、

「日暮さま、亀次郎親分さん、お役目ご苦労さまにございます。わたしは隣に住んでいる婆で、絹《きぬ》と申す者にございます。わたしは、子宝に恵まれなかったうえに、亭主に早くに死なれて独り身で、寝つきが悪ぅございます。それで孫のようにかわいがっておりますお文と宗吉の世話を焼きたくなりまして、こんな夜更けにここへ毎晩押しかけてくるようになっているのでございます」

お絹は老婆とは思えぬほど、滑らかな口調でまくし立てた。

「お文と宗吉を孫のようにかわいがっているかぁ。ま、身寄りのない婆さんにしてみりゃ、家出して苦労しているお文と宗吉のふたりを孫のように思って世話をしたくなるってぇのもわかる話だぜ」

亀次郎が、穏やかな口調でいった。

新之助は、お絹とお文のそばにある二つの丼に目をやって、

「それは、なんだ？」

と訊いた。

「はい。毎日五つ半になると、夜なべして縫物仕事をしているお文に夜食の白粥《しらかゆ》を作ってもってくるのでございます」

神妙な面持ちで答えるお絹に、

「おまえがお文に代わって縫物仕事をしているように見えたがな——」

と皮肉な笑みを浮かべていった。

「お待たせいたしました。弟の宗吉でございます」

奥の部屋で眠っていた宗吉を起こしたお文は、障子を大きく開けて出てくると宗吉を隣に座らせ、臆することなく新之助の目をしっかり見て答えた。

「宗吉です」

あどけなさが残る顔の十四の宗吉は、目をこすりながらやってくると、寝間着の前を合わせてから、亀次郎と新之助の前で両手を畳につけて頭を下げながら辞儀した。大店の跡取りらしく、礼儀は心得ているが、顔色は蒼白《そうはく》でどこかおどおどしている。

「さて、おまえたちに訊きたいことがあって、こんな夜更けにきたのだ。二年前、おまえたちのおとっつぁんの九兵衛の身に起きた悲惨な事件は心得ている。その後、上総屋はおとっつぁんの弟で、神田で同じ呉服商をしている徳右衛門が上総屋の主に収まり、跡取りの宗吉に商いを教え込んで一人前になったら、主を譲ることになっていると聞いている。であるのに、三月ほど前、どうしておまえたちふたりは、家出をしたのだ？」

新之助が訊くと、

「それは叔父が表向きにいっている体裁のいい言葉に過ぎません。おとっつぁんが殺されてすぐに叔父は、番頭の与之助だけを店に残し、ほかの奉公人たちすべてに暇を出し、自分の息のかかった者ばかりを送り込んできたのです。そうなると、なにかにつけてわたしと宗吉は邪魔者扱いです。わたしたちは針の筵《むしろ》に座らされるように小さくなっていなければならなくなり、そんな毎日に我慢がならなくなりまして、三月ほど前についに家を出ることにしたのでございます」

お文は淀《よど》みなく答えた。

すると、新之助は懐から折りたたまれた紙を取り出し、それをお絹とお文、宗吉の前で開いて見せた。

「この男、知っているだろう？」

奉行所の例繰方から持ってきた半次郎の人相書きである。

それを見たお絹と宗吉は一瞬、目を見開いたがすぐに目を伏せた。

しかし、お文だけは気丈にも目を逸《そ》らすことなくじっと人相書きを見つめている。

「はい。おとっつぁんを殺した半次郎です」

お文が答えると、

「うむ。おまえたちのおとっつぁん、九兵衛を後添えのお辰といっしょになって手にかけた半次郎が三日前、長崎町の空き長屋で殺されているのが見つかったのだ。その半次郎が息絶える間際、助けを呼ぶ声を聞いた者がいてな。その者の話によると、半次郎が何者かに殺されたのは、その前の日の夜五つ半ごろだったようなのだ。その時刻、おまえたちがどこにいたのか教えてもらおうか？」

新之助が、お文の顔を見つめて訊いた。

「日暮さま、四日前の夜も、お文と宗吉は今夜と同じようにこの家にいましたよ。わたしが証人ですっ」

お絹が膝を立てて、食ってかかるようにいった。

「そうかい。しかし、おかしいな。半次郎が殺される半刻前、お文を見たってぇ人がいるんだ。おう、入ぇってくんな」

亀次郎が、顔だけうしろの障子に向けていうと、少しして半睡といっしょに障子の外に立っていた、ひどく顔色の悪いやせ細った女が障子を開けて入ってきた。

「おい、このお文って子の顔をとくと見てくんな。四日前の夜五つごろ、大横川沿いの長崎町近くの土堤で、夜鷹のおめぇが見た若い女ってぇのは、このお文じゃねぇかい？」

そういわれた女は、お文に近づいていき、その顔をじっと見つめてしばらくすると、

「はい。この娘に間違いありません」

と、はっきり答えた。

「そうかい。待たせてすまなかったな。もう帰《け》ぇっていいぜ」

亀次郎は女にそういい、お文たちに向き直ったが、お文は少しも動じるふうも、驚いたり狼狽《ろうばい》することもなく、平然としていた。

亀次郎は懐から折りたたまれた紙を取り出すと、それを開いてお文に見せながら、

「これを見ろ。お文、おまえさん、ひと月ほど前、入江町の卯吉こと半次郎が住んでいた太郎兵衛長屋にいっただろ。おまえは長屋の大家に見られると、逃げるように長屋から出ていったそうじゃねぇか。太郎兵衛長屋の大家がおまえさんの顔をしっかり覚えててな、こうして人相書きを作らせたのよ。おまえさん、太郎兵衛長屋にそうやって隠れるようにいっては、半次郎の一日の動きを調べてたん

だろ？」

亀次郎に問い質されても、お文は表情を変えることなくなにも答えずにいたが、悔しさを我慢するかのように膝の上に載せていた手をぎゅっと握りしめた。

（おまきと同い年だってぇのに、このお文って娘は驚くほど肝の据わった娘だぜ……）

亀次郎は胸の内でそうつぶやいていた。その隣にいる宗吉もまた泣くようなことはなかったが、伏し目がちになって悄然《しょうぜん》としている。宗吉は姉のお文に従うことを決意しているのだろう。

「さ、お文、宗吉、自身番屋まで、いっしょに足を運んでもらおうか」

新之助が険しい顔をしていった。

「日暮さま、四日前の夜も、このお絹はこの家にこうしていっしょにいたといったではありませんかっ……」

お絹は必死の形相になってそういうと、立ち上がろうとしているお文と宗吉の前に出て、両手を広げて出ていかせまいとした。

そんなお絹の顔に亀次郎は十手を突きつけるようにして、

「お絹、おめぇさんがお文と宗吉の乳母《うば》だったたてぇことは調べがついているんだ。

そんなおめぇさんの証言を信じろってぇのかい」

と、諭《さと》すような口調でいった。お文と宗吉がこの長屋に住んでいることを突き止めた時、ふたりの住まいにしょっちゅう出入りするお絹の姿を認めた半睡は、上総屋の番頭の与之助をこっそり連れてきて、お絹に見覚えがないかと訊くと、すぐにお文と宗吉が物心つくまでいっしょに暮らして面倒を見ていた乳母のお絹だと証言したのである。


正体を知られたお絹は、それでも亀次郎に縋りついて、

「亀次郎親分、お願いですっ。信じてくださいっ。わたしは嘘なんかついちゃいません。ほんとうに四日前の夜、お嬢様とおぼっちゃんは、わたしとこの家にいたんですよぉっ……」

といって、泣き崩れた。

しかし、亀次郎はお絹の手を振り払い、お文と宗吉のふたりをお縄にし、新之助とともに障子を開けて土間に出た。

が、そこにいるはずの半睡の姿はなかった。

「困った旦那だ。きっと、また芸者遊びにいったに違いありませんぜ……」

亀次郎が恨めしそうな顔をしていうと、

「まぁまぁ、親分、お文と宗吉をこうして捕らえることができたのも、父上のおかげなのだから」

新之助は、亀次郎をなだめるようにいった。

十一

三日前のことである。半睡は仏になった卯吉が半次郎かどうかをはっきりさせるために、上総屋の番頭の与之助を長崎町の自身番屋に連れていき、卯吉の亡骸を見せると、はじめは似ているとだけいっていた与之助が、半次郎の右脇腹に三日月型をした赤茶色のあざがあったことを思い出したのだった。いっしょに湯屋にいったときに見たことがあるのだという。

果たして、卯吉の着物を脱がせ、右脇腹を見てみると、与之助のいうとおりのあざがしっかりと見て取れ、卯吉が半次郎であることがはっきりしたのである。

そこで半睡は、半次郎の喉を突き刺して横一文字に斬り割き、それだけでは飽き足らずにうしろから心ノ臓を刃物で突き刺して絶命させるほど憎む者はだれか？　と考えた。

答えはすぐに出た。三月ほど前に突然、上総屋から家出したお文と宗吉である。そして半睡は人相書き職人を呼び、与之助にお文の人相書きを作らせた。

半次郎が殺された夜の五つごろ、大横川沿いの長崎町あたりの土堤を手ぬぐいを吹き流しに被っていたが、茣蓙を持たずにうろついていた若くてきれいな顔をした女を見た夜鷹がいたと、あの一帯の夜鷹の元締めの常五郎はいった。

その女は、お文に違いない。お文はあの夜、夜鷹に成りすまし、常五郎のもとにいこうとしていた半次郎に声をかけ、体を売るふりをして日陰長屋に誘ったのだ。

そして、一軒の空き家に半次郎を誘い込み、枕屏風に隠れていた宗吉が、半次郎が油断したとき――おそらく半次郎が、お文を抱こうと体に覆《おお》いかぶさろうとしたとき――半次郎の心ノ臓をうしろから鋭い刃物で刺したのだ。

と同時に、お文も隠し持っていた小刀を抜き、半次郎の喉に突き刺して横一文字に斬り割いたのだろう。お文は血しぶきを浴びた。宗吉も浴びたかもしれない。そのときのために、あらかじめ宗吉は自分とお文の着物を枕屏風の裏に隠し置いた。

お文と宗吉は血しぶきを脱いだ着物で拭き取り、隠してあった着物を着た。そして、ふたりは他に家にいるかもしれない夜鷹や客に見つからないように物陰に隠れ、「だれか、助けてくれぇっ……」と半次郎に成りすました宗吉が叫んだ。その声を聞いたのが、日陰長屋の別の家で体を売っていた夜鷹と客、それに見守り役の八十吉だったのだ――そういう考えに至った半睡は、亀次郎にお文の人相書きの写しを数十枚渡して、亀次郎のもとで働く下っ引きを総動員させて、お文と宗吉の居場所を探すように命じ、二日がかりでついに見つけることができたのである。

定町廻り同心は、下手人を捕らえれば、自身番屋で調書を作らなければならない。それによって放免するか大番屋送りか、あるいは町内預けに決めることになる。

お文と宗吉は、まだはっきりと口に出してはいないものの、お縄になることに対して抵抗しないところからすると、半次郎殺しを認めたようなものであるから、放免することはできない。

だが、大番屋送りとなれば、何人かの町役人が付き添っていかなければならないし、町内預けにしても、とうに町木戸が閉まっている時刻で、すでに寝入っている大勢の人を起こすのは忍びない。

結局、お文と宗吉は永倉町の自身番屋に留め置くことにして、亀次郎も新之助もいくつもの町木戸の番太郎に声をかけ、潜り戸を通って夜中に帰宅することになった。

亀次郎が「大黒屋」に帰っても、半睡の雪駄はなく、二階の半睡の部屋を覗《のぞ》いてみても姿はなかった。

（まったく、どこで遊び惚《ほう》けているんだか……）

亀次郎は、胸の内でそうつぶやき、あくびをしながら寝間にそっと入っていって、布団のうえにごろんと仰向けになって目をつむった。

となりの布団には、おりくがすうすうと気持ちよさそうに寝息を立てている。

亀次郎は、自分の体が鎖《くさり》で縛られているように重く感じるほど疲れていたが、明け方まで寝つかれなかった。お文と宗吉のことが気がかりで仕方なかったのである。

あの姉弟は、御仕置を受けることになる。半次郎殺しがお文と宗吉だと見破ったのは半睡だが、お縄にした自分も責任を感じずにはいられないのだ。まして、お文はおまきと同い年の、まだ十六なのである。そのお文が夜鷹を装って空き長屋に誘い込み、半次郎の喉に小刀を突き刺し、そのまま横一文字に斬り割いて殺したのだ。

（それにしても、恐ろしいことをするもんだぜ……）

亀次郎は胸の内でそうつぶやくと、不意に事件を知った日の朝、おまきが亀次郎にいった言葉を思い出した。

『おとっつぁん、怖いんだぞ、十六の娘を馬鹿にすると、なにをするかわかんないんだぞ』

亀次郎は思わず身震いして、薄物のかけ布団を頭から被って目をつむったが、頭の中は冴えわたる一方だった。

十四の弟の宗吉はどうなるか――人を殺しても十五歳以下の者は、いきなり処刑されることはない。しかし、無罪放免ということにもならないのである。十五歳になるまで、お上の預かりの身でいて、十五歳になると刑が執行されることになっている。つまりは、宗吉もまたお文と同様に死罪となるのだ。

（何とかあの姉弟を救う手立てはねぇもんかなぁ。このままだとお文は死罪、宗吉は十五になるまで遠島だぁ。まったく、情け忍びねぇ話だ……）

それからまどろんだのだろうか、物音がして、亀次郎は目を覚ました。

（旦那に違《ちげ》ぇねぇ。こんなときに朝帰りするなんて、ほんとに旦那ってぇ人は……）

亀次郎は、こっそり布団から抜け出して、忍び足で階下に降りていった。

と、半睡は台所に向かい、茶碗に酒を入れて口に運ぼうとしていた。

「旦那ぁ……」

亀次郎はぬっと顔を出し、恨めしい声を出した。

「あ、びっくりした。亀さん、なにしてんです、こんな朝早くから」

「それはあっしのいいてぇことですよ。旦那こそ、昨夜からどこでなにしてたんですか」

亀次郎は、ほとほと呆れたという顔をしていった。

「亀さん、あちきはへとへとに疲れてんです。あんたの愚痴を聞く気力は微塵《みじん》も残ってねぇんです。この酒、飲んで寝させてもらいますから。じゃ」

と、茶碗酒を一気にあおって、亀次郎の体の横をすり抜け、さっさと二階の自分の部屋へと向かった。

「あっしは、もう少ししたら、永倉町の番屋にいって若旦那がお文と宗吉の調書を取る手伝いにいってめぇります。旦那もきてくださいよ」

亀次郎は声を大にしていったが、半睡は眠ってしまったのか、返事は戻ってこなかった。

十二

朝五つ（午前八時ごろ）から、永倉町の自身番屋で、新之助による半次郎殺しの下手人、お文と宗吉の調書作りははじまった。

お文が半次郎を見かけたのは、三月少し前のことだったという。驚いたお文は気づかれないように半次郎のあとをつけ、住んでいる長屋と夜鷹の見守り役をして暮らしを凌《しの》いでいることを知った。

父親をお辰といっしょに殺しておきながら、のうのうと暮らしている半次郎をみているうちに、お文の胸のうちに半次郎への復讐の炎は燃え盛っていたのだという。

そして、復讐を決意したお文は、当座必要な金を上総屋から盗んで宗吉を連れて家出して、半次郎が住む入江町の長屋の目と鼻の先の長屋に引っ越し、その日から半次郎を見張ることにした。

しかし、半次郎を殺すのに好都合なときなど、そう容易に訪れるものではない。

それでもお文と宗吉は隠忍自重《いんにんじちょう》して、その時を待った。

と、思わぬ味方を得ることになった。ひょんなことから、乳母だったお絹と再会を果たしたのである。お文の話を聞いたお絹は、涙を流して力を貸すといってくれた。

そうして、お文はお絹に同じ長屋の隣に住んでもらい、半次郎を殺す刻限にいっしょに家にいたことを証言してくれるように頼んだのである。

その後のことは、半睡が推理したことと驚くほど一致していた。新たにわかったことといえば、血しぶきを浴び、それを拭った着物は大横川に捨てたというくらいのことだった。

すべてを語ったお文と宗吉は、なにか憑《つ》きものが落ちたかのように穏やかな顔をしていた。

「うむ。これで調書は整った」

新之助はそういうと、懐中に収めていた書類を取り出した。町奉行所が発行した入牢《にゅうろう》証文である。お文と宗吉は、この証文と調書を持たされた町役たちに付き添われ、大番屋に連れていかれて入牢を申し付けられるのだ。宗吉はとりあえず、次の沙汰が出るまで町預かりとなる。

「さて、いくとするか――」

書類を風呂敷に包んだ新之助が立ち上がったときである。自身番屋の戸が開き、半睡が入ってきた。

「父上」

「旦那」

新之助と亀次郎が同時に声を出した。

「新さん、せっかく用意したその入牢証文ですがね、書き改めてもらおうと思ってやってきたんですよ」

半睡は、あくびをしながらいった。

「父上、なにをおっしゃっているんですか。そんなことができるはずがないでしょう」

新之助が、呆れた顔をしていった。

「どうしてです？　新さん、あちきたち、大事なことを忘れていたんですよ」

半睡は、にっこり笑っていった。

「大事なこと？」

亀次郎が眉をひそめて繰り返した。

「そうですよ、亀さん。半次郎は、お文と宗吉の父親の仇《かたき》でしょうが。そのお文と宗吉は三月もの間、大変な苦労をしたうえに、まさに体を張って命がけで半次郎を討ったんでしょうに」

半睡がいうと、

「あ、つまり、仇討《あだう》ちか……」

と、亀次郎がいった。

「なるほど、まさに仇討ちですね。しかし、父上――」

新之助がなにかいおうとするのを半睡はいわせまいとするかのように、

「なにも仇討ちは、侍だけに許されているもんじゃねぇんですよ。あちきは昨夜、奉行所にいって例繰方に頼んで、御仕置例類集を熟読しましてね。そうしたら、百姓や町人にも敵討《かたきう》ちが認められた例がいくつもあったことがわかったんですよ」

といった。

例繰方というのは罪人の犯罪、断罪の状況についての収集記録をして、後日の資料に供するのを御役目としており、与力三騎、同心四人で構成されている。

御仕置例類集は、これまでの膨大な数の凶悪犯の罪状と御仕置の先例が収録されているのだ。

仇討ちは、いうまでもなくお上公認である。これには誰しも好意的であり、殊勝《しゅしょう》なものとされており、仇討ちに成功したものは称賛されるのだ。

その仇討ちは、建前としては、士分の者だけに許されているものであるが、百姓や町人に仇討ちがまったく認められないかというと、そうではないことが御仕置例類集を読めば明らかになったのだった。

だが、武士の場合と少しの違いはある。武士の場合は事前に仇であることを認定したうえで許可を得て決闘することが必要なのだ。武士は事前にお上の許しを得ているので、仇討ちは無罪なのである。

だが、百姓や町人は事前の申し出も許可もない。そのために、仇討ちの事後の取り調べを受ける必要がある。その結果、仇討ちだということが明らかになれば、無罪となるのだということがわかったのだ。

「お文と宗吉が半次郎にしたことは、どう見ても仇討ちだし、与之助や当時の奉公人たちが証人になってくれるでしょうが。だから、このふたりは、大番屋のお取り調べだけで、無罪になるに決まっているでしょうに」

半睡は、お文と宗吉を見て、にっこり笑った。お文と宗吉は、半睡のいっていることを理解しているのか、それともできないでいるのか、ぽかんとした顔をしている。

そんな二人に向かって半睡は、

「おまえたちの叔父の徳右衛門だが、あちきが訊き込んできたところによると、神田や門前仲町界隈《かいわい》でも悪い評判なんざ、聞いたことがねぇとみんな口を揃えていたよ。九兵衛が生きていたときに働いていた上総屋の奉公人たちにも暇なんか出していねぇ。お文、おまえは叔父とその一家、それに上総屋に迷惑が及ばねぇようにと、自分たちは追い出されたふうを装って行方をくらましたんでしょうが」

といい、

「新さん、亀さん、どうです、健気《けなげ》で泣けるでしょうに――ま、そういうことですから、新さん、その入牢証文、書き改めてくださいよ」

と、新之助と亀次郎にいった。

「はい。父上」

「それじゃ、あちきは大黒屋に戻って、もうひと眠りさせてもらいますよ」

半睡はそういって自身番屋を出ると、亀次郎が慌ててあとを追ってきた。

「旦那、ちょっと待ってくださいよぉ」

「亀さん、なんです。あちきは眠いっていったでしょうに」

半睡があくびを噛み殺していうと、

「ひと言いってくれりゃあいいじゃねぇですか……」

亀次郎はすねた顔をしていった。

「なにをですか?」

半睡が不思議そうな顔を向けると、

「あっしはてっきり、旦那は下手人も捕まったことだからって、料理茶屋で夜通し芸者遊びをしているんだろうって中っ腹立ててしまって――だってまさか、旦那がお奉行所で一晩中、御仕置なんとかってぇ難しいもんを読んでいたなんて思いもしなかったもんで。あの、その、ほんとなんていったらいいのか、どうもすみませんでした……」

と、身の置き場がないといわんばかりに体を小さくして深々と頭を下げて許しを乞うた。

「亀さん、そんな水臭いことはいいっこなしですよ。じゃ」

半睡は、けろっとした顔でそういうと、すたすたと帰っていった。

「ほんとにつかみどころのねぇお人だぁ……」

亀次郎は苦笑いを浮かべて、半睡のうしろ姿が見えなくなるまで見送っていた。

十三

五日後、お文は大番屋から釈放され、宗吉も町役預かりが解けて、ふたりは門前仲町の上総屋に戻った。徳右衛門は涙を流して喜んで迎え入れたという。

そして、お文と宗吉が父親の仇討ちを命がけで果たしたことは、美談としてあっという間に深川じゅうに広まり、喝采《かっさい》を浴びた。

そんな暑気の強い日の夜のことである。大黒屋の二階の半睡のもとに、珍しい客が訪ねてきた。

同心の門田栄之進である。門田は半睡より五つ下で、商家や地廻りの弱みにつけこんで金をせびってばかりいるという、悪い評判を以前から半睡は耳にしている。

「門田、おめぇが、おれを訪ねてくるなんて、雪でも降るんじゃねぇか？　いってぇ、何用だい？」

半睡は、よほど門田のことを好かないのだろう、おりくに自分だけの酒肴《しゅこう》の膳を運んできてくれといい、ひとり手酌《てじゃく》で猪口《ちょこ》に注ぎながらいった。

「実は、昨日、浅草広小路の料理茶屋、『信濃屋』の料理人、兼七があっしのもとに自訴してきたんですよ」

あばた面で、でっぷり太っている門田は抜け目なさそうな目をきょろきょろさせながらいった。

「自訴？　いってぇ、なにをしでかしたっていってきたんだ？」

半睡は、猪口の酒を一気にあおって訊いた。

「三年前、『信濃屋』の主だった源作は、心ノ臓の病で死んだんじゃない。女房のおすぎが殺した。その際、自分に眠り薬を手に入れるようにいい、それを酒に混ぜて飲ませて眠らせた源作の顔を水に浸した手ぬぐいで覆って息絶えさせたのだと――」

「兼七は、なんだって今になってそんなことをおめぇに自訴してきたんだ？」

半睡は、また猪口に酒を手酌しながら訊いた。

「はい。昨夜遅くに兼七が家に帰ったら、兼七とねんごろになっていた『信濃屋』の若い奉公人の女が死んでいましてね。外傷はなく、源作と同じように眠るように死んでいたんですよ」

「ふーん」

半睡は興味なさそうに鼻を鳴らすような声を出して、猪口を口に運んだ。

「兼七は、おすぎが自分にその女を殺した罪を着せようとしている。あるいは、自分を捨てようとするのなら、おまえも殺すといわれている気がして恐ろしくなったそうです」

門田は半睡の顔を見ようとはせず、目を伏せていった。

「で、どうした？」

「え？」

門田は、意味がわからないという顔をして半睡を見た。

「おめぇは、兼七とおすぎをどうしたってぇ訊いてるんだよ」

半睡は、定町廻り同心だったころの日暮慶一郎の物言いになって訊いた。

「はい。おすぎをしょっ引いて調書を作成して、本日、兼七といっしょに大番屋に送りました」

「門田、おめぇ、あちきに手柄自慢しにやってきたのかい」

半睡は冷笑を浮かべていった。

「日暮さん、そうじゃない。あっしは三年前、源作を殺したのは兼七とおすぎじゃねぇかと助言してもらったのに、おすぎの言い分を信じて、源作を病死にしてしまった。しかし、それはやはり間違いだったということを伝えたくて――」

「それはあちきじゃなく、おめぇの上役に伝えるべきことだろ」

半睡は睨みつけていった。

「いやぁ、それは、そのぅ……」

門田は言葉を詰まらせ、あばた面の額に小粒の汗をたくさん浮かばせている。

「三年前、あちきがいったことは黙っててくれ――それをいいたくて、あちきのところにきたんだろ？」

半睡はそういって、猪口の酒をふたたび、ぐいっと一気にあおると苦い顔で門田を見つめた。

「………」

門田は目を伏せたまま、なにも答えようとはしないでいる。

「だれにも、なんにもいわねぇから、とっととあちきの前から消えてくれ」

半睡は冷たく突き放すようにいった。

すると、門田は、ぱっと顔を上げた。抜け目なさそうな目の奥に安堵《あんど》の色が宿っているのを半睡は見逃さなかった。

「日暮さん、礼をいう。かたじけない。それでは、おれはこれで失礼する」

門田は、ほっとした顔でそういい、軽く一礼すると大小二本を手に持って立ち上がり、それを帯に差して、そそくさと部屋を出ていった。

少しして、亀次郎が銚子を二本持って半睡の部屋に入ってきた。

「旦那、ほんとうにだれにもなんにもいわねぇつもりですかい？」

亀次郎が銚子を持って、半睡に酒を勧めると、

「亀さん、盗み聞きはよくねぇですよ」

猪口を持って、亀次郎に酒を注いでもらいながら半睡がいった。

「旦那、盗み聞きなんて、そんなぁ。酒が足りなくなったころだろうと思って運んできたら、聞こえただけですよ」

と、襖が開き、おまきが姿を見せて、

「おとっつぁん、うそばっかり。門田さんが帰るまで、お銚子もったまま、ずっと襖に耳をくっつけて聞いてたじゃないの」

といった。

「お、おまき、おまえ、余計なことをいうんじゃないよ」

亀次郎が、おまきを睨みつけていった。

「余計なことじゃなくて、ほんとうのことでしょうにぃ」

半睡は、軽く亀次郎を睨みつけていった。

そして、

「亀さん、門田みてぇな男は、あちきがなにもしなくても、そのうちろくな目に遭わねぇですよ。あんな男のことはさておき、ともかく、これであの世に逝《い》った源作もようやく浮かばれることになったんですから、今夜はその祝いに大いに飲もうじゃねぇですか」

半睡はそういうと、にっと笑って銚子を手にして、亀次郎に酒を勧めた。

「へい。そうですね。じゃ、ありがたく――」

亀次郎は、押し頂くようにして猪口を差し出して、半睡から酒を注いでもらった。

「はい、半睡さんも、どうぞ――」

おまきは、いつの間にか半睡の隣に座って、銚子を手にして半睡に酒を勧めた。

「おっ、いいですねぇ。おまきちゃんのようなべっぴんさんに注いでもらった酒は格別うまいですからね。はい、いただきましょう」

半睡は、邪気のない顔をして、おまきが注いでくれた酒をうまそうに飲んでいる。

そんな半睡の様子を見ながら、亀次郎は、
（ほんとうにこの旦那は、つかみどころのねぇお人だ……）
と、胸の内でつぶやきながら、酒をあおった。

第三話　親子の縁

一

江戸の町が夏から秋の気配に移ろいつつある早朝のことである。

通称、「寺裏《てらうら》」と呼ばれる大きな寺が八つも前に並ぶ冬木町《ふゆきちょう》の一番端、仙台堀近くの正覚寺《しょうかくじ》の裏の空き地で、四十過ぎの男が殺されていた。

見つけたのは、毎朝この空き地のそばの道を通って魚を仕入れに市場に行く棒《ぼ》手振《てふ》りの三吉《さんきち》という、近くの長屋の三十男で、自身番屋に駆け込んで知らせると、そのまま仕事にいったという。

自身番屋の番人から知らせを受けてやってきた半睡と亀次郎、新之助のうち、半睡と亀次郎のふたりは殺された男の顔を見て驚きを隠せなかった。

「父上、もしや知り合いなのですか？　亀次郎親分も？」

いつも何を考えているのかわからない、茫洋《ぼうよう》とした表情の半睡が眉根を寄せて険《けわ》しい顔を作り、亀次郎ははっと息を飲んだまま口を半開きにして、亡骸《なきがら》を見つめているのだ。

「若旦那《わかだんな》、この男は藤八《とうはち》という本所一帯を仕切っていた元岡っ引きでさ……」

亀次郎が顔をしかめていった。

「いい死に方はしねぇと思ってましたがね、当たってしまったでしょうが……」

半睡が唾《だ》棄《き》すべきものを見るような顔をしていった。

亀次郎の話によると、藤八はかつて十手《じって》を持っていることをいいことに、人の弱みに付け込んで強請《ゆす》りたかりを繰り返していた岡っ引きの面汚《つらよご》しだったという。

威勢のよかった当時の藤八は、いつも月代《さかやき》を伸ばし、その下の額は広く、落ち窪《くぼ》んだ眼に蛇《へび》のような冷徹な光を放って、薄気味の悪い雰囲気を漂わせていた。

しかし、亡骸となった目の前の藤八は、開いた口からだらりと舌を垂らし、首には荒縄がきつく巻きつけられている。その荒縄に両手の爪が食い込んでいて、かっと見開かれた双眸《そうぼう》に苦悶《くもん》の相を浮かべている。

土埃《つちぼこり》がついている薄汚れた着物は乱れ、胸や腹は匕首《あいくち》のような鋭い刃物で刺されて穴が開いており、その周辺に黒い血がこびりついている。

藤八の亡骸は、腰の高さほどある草をなぎ倒したように置かれていて、足だけが道から見えている。

「下手人《げしゅにん》は、この空き地の草むらに隠れていて、藤八を待ち伏せしていたんでやしょう。で、藤八が通りかかったところで、飛び出していってうしろから首に縄をかけて絞めながら、草むらに引きずっていった。そして、すっかり事切れてから、何度もめった刺しにした。まだ息がありゃ、刺されれば血が噴き出して返り血を浴びるし、辺り一面血の海になっているはずだが、そうなっていねぇのがなにより証拠でやしょう」

亀次郎《ひろう》は自分を納得させるかのような口調で、藤八がどう殺されたかの見立てを披露した。

「殺し足りなかったということか……よほど憎んでいた者の仕業ですね」

無残な亡骸を見下ろしていた新之助が、半睡の顔をちらりと覗《のぞ》き込むように見た。

すると半睡は、

「亀さん、藤八が突然、あんたを訪ねてきたってのは、昨日でしたよね？」

と、大刀を天秤棒《てんびんぼう》を担ぐように両肩に乗せ、その大刀の両端に手首を置くと、足を広げて中腰になり、体を左右にひねりながら亀次郎に訊《き》いた。こうすると腰にいいのだといい、ここのところ暇さえあればこんな妙な動きをするようになっている。

「へい」

「そのとき、妙なことをいってたんですよね？」

半睡は、まだ妙な動きをつづけている。

「あ、へい。二年ほどぶりに突然あっしのとこにやってきたんでやすが、八丁堀の池田《いけだ》の旦那に内密の話があって、おれに頼みてぇことがあると――」

「池田の旦那？　わたしと同じ定町廻り同心の池田弥十郎《やじゅうろう》殿のことか？」

新之助が眉をひそめて口を挟んだ。

「いえ、池田の若旦那のことじゃなくて、その義理のお父上で、日暮の旦那より少し前に隠居しなすった池田源三郎《げんざぶろう》の旦那のことで、藤八は池田の旦那から十手持ちの手札を授かっていたんでさ。その藤八が昨日、あっしのところにきて、池田の旦那に明日の夜五つ半（午後九時ごろ）に、お宅にお邪魔したいからお伝えしてくれってんですよ」

「夜の五つ半？　そんな遅くに何用があるというのだ……」

新之助が独り言のようにいうと、

「さぁ、そこまでは……ともかく、その時刻に必ずお待ちくださるように、ぜひとも申し上げたいことがあると、妙に怯《おび》えた顔をしてましてね」

「それで、親分はいったのか？」

「若旦那、冗談じゃありませんや。あっしは、藤八の手下みてぇなことをする義理はありませんからね。おめぇがいけばいいだろっていってやりましたよ。そうしたら、藤八の野郎、そうしてぇのはやまやまだが、おれがいくのはまずいんだってぬかして——」

「どうして、まずいんだ？」

「さぁ、ともかくそういったもんで、なにを気取ってやがると思ったんでやすが、藤八の野郎、秋口だってぇのに額にやたらと汗を浮かべていたのに気づきましたんでさ」

「藤八は、亀さんに断られたんで、仕方なく自分でいこうとしたようですねぇ」

妙な動きを止めた半睡が淡々とした口調でいった。

「へ？」

と、亀次郎。

「どうしてわかるんですか、父上」

新之助も不思議だという顔をして、半睡を見ている。

そんなふたりを半睡は、ほとほと呆《あき》れたという顔をして見つめ、

「あのね、おふたりさん、ここがどこか忘れたんですか？」

と訊いた。

「ここがどこかって……あっ」

亀次郎が声を出すと、

「池田の家は、冬木町のこの道をいった先でしように」

半睡は、呆れた顔をして亀次郎と新之助を見ながら、顎《あご》で道を指し示すと、

「そうなのか、親分？」

新之助が亀次郎の顔を覗き込むようにして訊いた。新之助は、池田源三郎とは会ったこともなく、隠居した先の住まいがどこにあるのかも知らないのである。

「へい。池田の旦那の家は、この道を二町ほどいった先を右に曲がったところにあるしもた屋で、若い後添《のちぞ》えと住んでいやしたが、その若い後添えは二年ほど前に質《たち》の悪い流行《はや》り病で亡くなったと聞いておりやす」

「見てぇ面じゃねぇですが、こうなっちゃ、池田のガマガエルみてぇな面を拝み

にいくしかねぇでしょうねぇ……」
半睡は大刀を右肩にのっけると、ゆったりとした足取りで歩きはじめた。
「へい。おい、この亡骸は、番屋に運んでおいてくれ」
亀次郎は藤八の亡骸の近くで、野次馬たちが見に来られないように見張ってい
る若い番人に声を投げつけるようにいい、新之助とともに半睡のあとを追ってい
った。

二

池田源三郎の家は庭つきの二階家で、家の周囲は人の頭より少し高いが、手入
れが行き届いているとは言い難い生垣《いけがき》で囲まれていた。若い後添えが亡くなり、
暮らしが荒《すさ》んでいることを物語っているかのようである。
先頭の半睡が門を潜り、敷石をいくつか踏んで玄関前に進んでいき、戸を開け
ておとないを告げた。
すると、
「うるせぇなぁ。朝っぱらから、いってぇだれでぇ」

奥から不機嫌そうな野太い声が返ってきた。

そして、少しするとがっしりした体躯で、やけに横幅のあるあばた面の、確かにガマガエルに似た池田源三郎が姿を見せた。胸をはだけた寝巻を直そうともせず、じろりと半睡たちを見回している。

池田源三郎は、半睡より五つうえだが、鬢《びん》が白いせいだろう、もっと老けて見えた。

「だれかと思ったら、日暮じゃねぇか。おめぇがおれを訪ねてくるなんて、いってぇどういう風の吹き回しだ？」

亀次郎と新之助を見たあとで、池田源三郎が半睡に視線を戻して訊いた。

「騒ぎが聞こえなかったかい？　この家から二町ほどいった先の空き地で、おまえさんと仲の良かった藤八が殺されていたのが見つかってね」

半睡がいつもの淡々とした口調でいったとたん、池田源三郎は目を見開き、顔じゅうに怯えの色を走らせた。

「たいそうな驚きようだな。あんた、藤八殺しに心当たりがあるんだな？」

半睡がいうと、

「そ、そんなこたぁ、あるわけねぇだろ」

池田源三郎は目を泳がせながら答えた。

「いろいろ訊きてぇことがあるんだが、いつまで、ここで問答を続けるつもりかね」

「家の中は、散らかり放題でな。とても他人様《ひとさま》に上がってもらえるようなありさまではねぇんだ」

顔色をなくしたままの池田源三郎は、口の端を歪めていった。

確かに男の一人住まいらしく、掃除などしていないのだろう、玄関も上がり框《かまち》もずいぶん埃っぽくなっている。

半睡が訊いた。

「二人目のおかみさんも、亡くなったそうだな？」

「ああ、二年前、質の悪い風邪をこじらせてな……」

「そりゃ気の毒だった」

半睡は腰を落ち着けて話すことは諦《あきら》め、玄関で立ったまま、続けることにした。

「ところで、殺された藤八だが、昨日、ここにいる亀次郎親分のところに二年ぶりくらいに突然やってきて、おまえさんの家にいって、五つ半に必ず家にいてくれ。内密で伝えなければならないことがあると言伝《ことづて》を頼まれたそうだ」

「なにっ？　本当か!?」

池田源三郎は、恐怖で声を震わせていった。

「嘘や冗談をいってるほど暇じゃない。藤八はなにをあんたに伝えようとしていたのか教えてくれないか？」

半睡も隣にいる新之助、その横の亀次郎もじっと池田源三郎の顔を見つめて答えを待った。

「し、知らねぇ。おれには、心当たりなんかねぇし、おめぇたちに話すことなんかなにもねえ。とっとと帰ってくれっ」

池田源三郎は叫ぶようにいいながら裸足のまま玄関に降り立つと、玄関の戸を開けて半睡たちを追い出した。

「――池田の旦那の、心当たりがねぇってのは、ほんとうなんですかねぇ」

外に出された亀次郎が、池田源三郎の家のほうに顔だけ向けていった。

「しかし、あの怯え方は尋常《じんじょう》じゃなかった。父上はどう思われますか？」

新之助が不安げな顔をして訊いた。

「芝居かもしれねぇでしょうに」

「では、昨夜、藤八が池田殿の家にきたかもしれないと？」

「そう考えてもおかしかねぇでしょうが」

「その帰りに殺されたというのですか？」

「そんなことまでわかるわけないでしょうに。あちきは、亀さんの家にいたんですから」

半睡は呆れたような顔をしている。

「岡っ引きをやめた藤八はどうやって暮らしていたんですかね。亀さん、そのあたりから探ったらどうです？」

「へい。そうしやす。若旦那、藤八が住んでいる長屋にいってみましょう」

「うむ。父上は、どうなさるのですか？」

新之助は、怪訝《けげん》な顔を向けて訊いた。

「そりゃあ、あちきは、亀さんの家で、あんたらの知らせを待ってますよ。なにしろ、あちきは、池田と同じ隠居の身なんです。ここまで歩いてきただけでへとへとなんですから」

半睡はしれっとした顔でいった。

「まったく、なんかってぇと、あちきは隠居の身。そういゃあ、いいと思ってるんだから……」

亀次郎が、ぶつぶついいながら先を歩いていくと、

「亀さん、心の声がだだ漏れでしょうが」

と、半睡は顔をしかめていった。

「ふん。聞こえるように漏らしたんですよ。さ、若旦那、急ぎましょ」

亀次郎は、半睡を置き去りにするかのように足を早めた。


冬木町から仙台堀端の大黒屋に帰ってきた半睡が二階の自分の部屋で、おまきとあやとりをして仲良さそうに遊んでいると、亀次郎と新之助が入ってきた。

半睡と別れてから二刻（約四時間）ほど経ったころである。

「旦那、なにやってんです？」

部屋に入るなり、亀次郎が顔をしかめていった。

「なにやってるって、飯でも食ってるように見えますか？　あやとりしてんでしょうに」

半睡は人を食ったようなことをいう。

「おとっつぁん、それに新之助さん、おかえんなさい」

赤い糸で橋を作っているおまきは、屈託のない笑みを見せていった。

新之助はぎこちない笑みを返すと、

「おまき、おまえ、いってぇ、なにやってんだ」

亀次郎は、半睡とおまきの間に邪魔するように座った。

するとと、おまきは亀次郎をじっと見つめて、

「おとっつぁん、大丈夫？」

と、心配顔で訊いた。

「なにが」

亀次郎は怪訝な顔をしている。

「耳よ、耳。さっき、半睡さんが、あやとりでしょうにっていったの、おとっつぁん、聞こえなかったの？　耳、遠くなっちゃった？」

おまきは、真面目な顔をして心配している。

「馬鹿野郎。ちゃんと聞こえてるよ。これから旦那に大事な話をしなきゃならねぇんだ。おめぇは下にいって、おっかさんの手伝いしてな」

「なによ、かわいいひとり娘が心配してあげたのに、そうやってすぐ邪魔者扱いするんだから。おとっつぁんなんか、大嫌いっ」

おまきは立ち上がってそういうと、あやとりしていた糸を亀次郎にぶつけるよ

うに投げつけ、ぷりぷりして部屋を出ていった。

「亀さん、なにもあんな言い方することぁねぇでしょうに」

半睡がいうと、

「旦那も旦那ですよ、人殺しが起きたってぇのに、おまき相手にあやとりなんかしてる場合じゃねぇでしょう？」

と、亀次郎はおかんむりである。

「はい、はい。で、亀さん、新さん、なにかわかりましたか？」

半睡は煙管《キセル》に煙草を詰めながら訊いた。

「へい。いってめぇりましたが……」

亀次郎は腕組みをし、困惑した表情になった。

「藤八の家は、何度かいったことがありやすが、相も変わらず汚ねぇ家で——」

藤八は海辺大工町《うみべだいくちょう》の裏店《うらだな》にひとり住んでいて、亀次郎と新之助は、裏店の住人に藤八のことを訊いて回ったが、なにをして食っているのか、詳しいことを知っている者はだれひとりいなかったという。ただ、昼間はぶらぶらしていて、日が暮れるとどこかへ出かけていく姿をたびたび見られているから、賭場《とば》に博奕《ばくち》をしにいっているのではないかいう住民もいるという。

しかし、表通りで足袋屋《たびや》をしている大家にも訊いてみたが、大家でさえ藤八がなにをしているのか知らないということだった。

「それでも家賃はきちんと納めていましてね。それに藤八は長いこと住み続けていて、あの裏店の主《ぬし》みたいなものだそうで。ま、かれこれもう二十年は住んでいることになりやすからね」

軒先が歪んでいる裏店では、なにをしているのか得体の知れない藤八のような男でも、家賃が滞《とどこお》らない限りは大事な店子扱いされるということのようだ。

「てなわけで、これといったことはなにもわからなかったんですがね、でも、ひとつ妙なことを小耳に挟んだんですよ、ねえ、若旦那」

亀次郎は、新之助に花を持たせようとしているのか、続きの話を新之助に促した。

「父上、藤八は昨日、昼近くに外から家に戻ってくると、たいそう慌ててまた家を飛び出していったそうです。そのとき、藤八が〝あの野郎、帰ってきやがったな〟と独り言をいいながら出ていったのを聞いたという裏店の者がいたんです」

「ふーん、そりゃおもしろい……」

半睡は煙管の煙を丸くして吐き出しながらいった。

「はい。それを聞いたのは、藤八の隣に住む幸助《こうすけ》という渡り大工です。朝からなにも食べてなかったので、早めに昼飯を食べようと思って近くの一膳飯屋に行こうと家を出たら、藤八が大きな声でそう独り言をいって走っていったのを見たそうです」

「藤八が亀さんところにきたのは、昨日の昼過ぎでしたよね？」

「へい。そのとおりで――つまり、藤八は家を出たその足で、あっしのところにきたんじゃねぇかと……昼飯を作り終えたところに、賄場《まかないば》に顔を出しましたんで、よく覚えてまさぁ。あっしは、なにしろ船宿『大黒屋』の主《あるじ》ですからね。十手を手にしてねぇときは、包丁を握っているこたぁ、旦那もご存じでやしょう。藤八の頼みを断ったあと、はじめて見る顔の魚売りが押し売りに入ってきたんで、よく覚えてまさ」

　しかし、亀次郎は、自分でいけばいいだろっていったのだ。すると、藤八は、そうしたいのはやまやまだが、自分がいくのはまずいんだといったのだった。

「へい。あっしは断りやしたが、あの薄気味悪い藤八が怯えてやしたからねぇ」

「そこで仕方なく、藤八は自分でいくことにした。ところが、池田殿のお父上の家の近くで殺されてしまった……」

新之助が眉間《みけん》に皺《しわ》を作っていった。

「藤八は尾《つ》けられていたんじゃないのかねぇ。そして、藤八殺しは、〃池田源三郎、次はおまえだ〃ってぇ合図だったのかもしれねぇですね」

半睡は煙管の煙を燻《くゆ》らせながらいった。

「やっぱり池田の旦那は心当たりがあるんじゃあ？」

亀次郎が勇んでいった。

「それははっきりとはしねぇが、池田の命が危ねぇことは確かなんじゃないのかねぇ」

といって、半睡は立ち上がった。

「父上、どちらに？」

新之助が戸惑った顔をしている。

「どちらにって、もう一度、池田に会いにいくに決まっているでしょうに」

「どうしてまた」

亀次郎もぽかんとした顔をして訊いた。

「命が狙われているからでしょうが」

半睡は亀次郎を軽く睨《にら》むようにしていうと、

「池田は、やっとうの腕がからきしなんですよ」

といって、大刀を手に取ると肩に乗せて部屋を出ていった。

「あ、旦那、待ってくださいよ――ったく、やる気のツボがどこにあるのかさっぱりわからねぇお人だ……」

亀次郎はぶつくさいいながらも、うれしそうな顔をして半睡のあとを追った。

「親分、待ってくれ。わたしも――」

新之助も慌てて亀次郎のあとを追っていった。

三

半睡たちが冬木町の池田源三郎の家に続く道にやってくると、藤八の亡骸があった空き地は何事もなかったかのように静かで、ススキが秋の陽射しを受けて黄《こ》金色《がねいろ》に輝き、揺れていた。

しかし、池田源三郎の家に着いたとき、半睡はすぐに異変に気づいた。玄関の戸が不自然な形で開いていたからである。

おとないを告げたが、池田源三郎から返事はなかった。だが、玄関には池田源三郎の雪駄《せった》が揃えてある。

半睡たちは、互いに顔を曇らせながら見合った。

今度は、亀次郎がおとないを告げてみたが、やはり返事はなかった。

半睡は珍しく意を決した顔つきになり、

「上がらせてもらうよ」

といって雪駄を脱いで家の中に入っていった。

そして、居間に入ろうと襖《ふすま》に手をかけたとき、半睡は微《かす》かに血なまぐささが鼻孔をついてきたのを感じた。半睡は手を止め、首を回してすぐうしろにいる亀次郎と新之助を見た。ふたりも異変を感じ取っていたようだった。

半睡は勢いよく襖を開けた。

「！――こいつぁ、ひでぇや……」

目の前に広がっている光景を目にした亀次郎が息を飲み、驚きの声を上げた。

池田源三郎が部屋の真ん中の畳の上で仰向けに倒れており、藤八と同じようにその開いた口から、だらりと舌を垂らし、首には荒縄がきつく巻きつけられて息絶えていたのである。

そして、その荒縄に両手の爪が食い込んでおり、かっと見開いた目から眼球が飛び出しそうになっていて、その双眸には苦悶の相を浮かべていた。

今朝見たときと同じ寝間着の帯はほどけそうになっていて、半裸の状態の胸や腹に匕首のような鋭い刃物で刺された痕《あと》は、藤八よりも数が多い。藤八と違うところは、息絶える間もなくめった刺しにされたからだろう、倒れている辺り一面は血の海と化していた。

「旦那、若旦那、こりゃいうまでもなく藤八を殺した下手人と同じ者の手によるものですね。しかも、藤八よりも池田様を強く憎んでるやつの――」

亀次郎が顔を歪めていった。

「この血の量とまだそれほど固まっていないところからみると、殺してからそう刻《とき》が経っていませんね」

新之助が、半睡の顔をちらっと見ていった。見立てが間違えていないか心配なのである。

が、半睡は、下手人につながるなにか手がかりでもないか見つけようとしているのか、部屋のあちこちをためつすがめつ眺めていて、新之助の問いには答えなかった。

「藤八は、自分と池田の命が狙われていることを知って、それを亀さんを使って池田に伝えようとしていた。しかし、亀さんにそれを断られたもんで、昨夜遅くに自分から池田の家に出向いた。そして、藤八は尾けられていることを知らず、池田の家の近くで殺された……」

半睡は宙に目を泳がせながら、これまでの経緯を整理するかのようにつぶやいた。

「では、どうして下手人は、すぐに池田殿を昨夜のうちに手をかけなかったのでしょう？」

新之助が訊いた。

「藤八のあとを尾けていた下手人は池田の旦那の家が、冬木町のどこかにあることはわかった。そして、池田の旦那の家から出てきた藤八を殺し、次はおまえの番だという恐怖を与えて怯えさせるためだったんじゃねぇですかね」

亀次郎がいうと、

「あの野郎、帰ってきやがったな……」

半睡が唐突にいった。

「え？」

亀次郎と新之助が、半睡を見つめた。

「藤八が慌てて長屋から出ていくときに、そう独り言をいったんでしょうが」

「へ、へい」

「その言葉に、下手人とつながる糸口があるんじゃねぇですかねぇ……」

半睡が意味ありげに口の片方を上げて、にやりとした。

「帰ってきやがった——あ、そうか。藤八と池田の旦那に捕まって江戸から追放されたか、あるいはもっと重く遠島の処分を受けた者が帰ってきた、という意味!?」

亀次郎が鼻息を荒くして半睡を見ると、半睡は軽く頷《うなず》き、

「さ、いきますか」

といって、玄関に向かった。

「旦那、どちらに?」

亀次郎がきょとんとした顔をして訊いた。

その隣にいる新之助も同様の顔つきをしている。

「池田の娘夫婦のところに決まっているでしょうに」

半睡は眉を上げていった。

「そうか、これだけ池田の旦那を恨んでいる者なら、池田の旦那の娘さんのお命

も狙うかもしれねぇ」

「あ、でも、池田殿の娘、おなつさんはもう亡くなっていますよ」

新之助がいうと、

「下手人がそれを知らないでいるかもしれねぇでしょうがっ」

半睡が苛立《いらだ》つようにいった。

四

池田源三郎が殺されていることを冬木町の自身番屋に伝えた半睡たちは、その足で八丁堀の池田の娘婿《むすめむこ》の弥十郎の役宅へ足早に向かった。

組屋敷に着いたのは夕七つ（午後四時ごろ）で、遠くの西の空が茜色《あかねいろ》に染まりつつあった。いつもは美しいと思うその色も血の海を見たばかりだからだろう、半睡たちにとっては不吉な空に思えてならなかった。

時刻からすると、何事もなければ定町廻り同心は役宅に帰っていておかしくないころである。

新之助より七つ年上の池田弥十郎の役宅は、新之助の家から三町ほど離れた場所にあり、もちろん受け持ちの廻り筋も違うから、ふたりが顔を合わせることはめったにない。

娘婿の弥十郎は池田源三郎のひとり娘、おなつと夫婦になったものの、おなつは弥十郎の妻になった三年目の年に肺の病を患《わずら》って死んでしまったのである。池田源三郎が隠居し、役宅をでて冬木町に若い後添えをもらって移り住んだのもそんな経緯《いきさつ》からだった。

気性の優しさが雰囲気からも顔つきからも伝わる池田弥十郎は、やはり役宅に帰っていた。

しかし、その池田弥十郎は半睡と亀次郎、それに新之助という自分と同じお上に仕える者三人が訪れたことに、不審感を顕《あら》わにした顔つきになった。

「日暮殿、いったい何用ですか？」

弥十郎は、半睡の顔だけをじっと見つめて訊いた。

「おまえさんの義父上《ちちうえ》、池田源三郎殿が殺されてね」

半睡は、まるで大根を包丁で切るときのように、ずばりといった。

「!?――今、なんと申されたのですかっ!?」

一気に弥十郎の顔に狼狽《ろうばい》の色が広がった。

「ここで、すべて話せってぇのかい？」

半睡がすかさずいった。

「あ、ああ、これは失礼いたしました。ささ、どうぞお上がりになってくださいまし……」

弥十郎の顔は、まだ青ざめている。

「ふむ」

半睡が雪駄を脱いで役宅に上がると、新之助と亀次郎もあとにつづいた。

「下手人に心当たりがないかといわれましても、義父と藤八を恨んでいた者は数多くいたようですから、わたしにはわかりませんとしか……ただ――今日の昼九つ、義父が同心だったころから馴染《なじ》みで、いつも決まっていく一膳飯屋で昼飯を食っていると、義父が突然血相を変えてやってきて、ここのところなにか変わったことはないかと訊いてきたのです」

居間で半睡たちから、藤八と源三郎の亡骸の様子を聞き、下手人に心当たりはないかと訊かれた弥十郎は、首をひねりながらいった。

「昼九つということはつまり、池田殿のお義父上は、それまでは生きていて、殺されたのはそのあと、冬木町のあの家に戻ってからということになりますね」

新之助が前のめりになっていった。

「で、なにか変わったことはなかったのかね？」

半睡が訊いたところで、

「失礼いたします」

と、襖の向こうから女の声がして、襖が開くと、盆に茶を四つ載せた二十半ばの女が姿を見せた。

おなつを三年前に亡くし、二年前に弥十郎が後添えに迎えた、おさんである。

おさんは、一礼して顔を上げると立ち上がって、半睡たちに茶を運んできたが、少し足をひきずるような歩き方をしていた。

「まだ痛むか？」

弥十郎が、おさんを気遣《きづか》って訊いた。

「はい。大丈夫です。お気になさらずに」

おさんは人並みの顔をしているが、ふっくらした頰と目じりの下がり具合が愛《あい》嬌《きよう》を醸《かも》し出している。

「妻のおさんです」

弥十郎は、恥じらった笑顔を見せて、妻を半睡たちに紹介した。おなつを病で亡くして一年で後添えをもらったことに、幾分のうしろめたさと羞恥心をもっているのかもしれない。

「こりゃ、どうも——」

半睡は、おさんに遊び人のような挨拶《あいさつ》をして、にこっと笑ってみせた。

「こちらは、日暮慶一郎殿だ」

弥十郎が半睡を紹介した。

「日暮新之助です」

「亀次郎といいやす」

新之助と亀次郎がそれぞれ挨拶すると、

「お内儀さん、足をどうかしたのかね」

と、半睡が訊いた。

「はい。一昨日《おととい》、ちょっと……粗忽《そこつ》ものでお恥ずかしいですわ」

おさんは、そういって恥ずかしそうな笑みを浮かべただけで、そのあとのことはいおうとしなかった。

「実は一昨日、近くまで買い物にいった帰り、すぐそこの材木屋の前を通ったときに、災難にあったのです」

おさんの代わりに、弥十郎が答えた。

「災難？」

半睡が顔をしかめていった。

「店の前に止めてあった大八車に載せてあった材木を縛っていた縄が切れて、材木が崩れ落ちてきて、そのうちの一本がおさんの右足の踵《かかと》に当たったのです。気がつくのが少しでも遅れていたら、大怪我になるところでした」

おさんは、材木屋の若い手代に送られて帰ってきたのだが、一昨日と昨日の二日寝込んだのだという。

材木屋は申し訳ないことをしたと、今朝がた番頭が菓子折りを持って詫《わ》びにきたが、二日休んだだけでどうにか歩けるようになったと、おさんはいい、こうした普段通りの暮らしをしようとしているのだという。

「そのことは、あんたの義父上にはいったのかね」

半睡は片方の眉を少し上げて訊いた。

弥十郎は、おさんが半睡たちに茶を配り終えて居間からでていってから口を開いた。

「はい。おさんが怪我したことを一膳飯屋にきた義父に話すと、義父は顔色を変えて、おまえもおさんも外に出たとき、くれぐれも気をつけるようにと言われて、そのときは戸惑いましたが、藤八と父上が殺されたと知った今、おさんの災難はただの怪我ではないのではと……」

弥十郎の顔からは、さっきまで浮かべていた恥じらった笑みはすっかり消え失せ、緊張の色が張りついている。

「ふむ。おそらく藤八とおまえさんの義父上を殺した者がやったと見るのが自然だろうねぇ。ところでおまえさんが、藤八から十手を取り上げたのは、確かお内儀さんをもらってからじゃなかったかね？」

半睡の唐突な問いに、弥十郎は戸惑った顔を見せ、茶を口に運ぶ手を止めた。

「え、ええ。はい――」

弥十郎は、畏《かしこ》まって答えた。

「なにもそんな顔をすることはねぇでしょうに。あちきは、よくぞやってくれたと思ってるんですから」

半睡は、薄い笑みを浮かべてそういうと、おさんが運んできてくれた茶を一啜《すす》りしてつづけた。

「そう思っているのは、あちきだけじゃない。そんなこたぁ、おまえさんもよく知っているでしょうが」

　半睡がいうと、

「あの、誠に恐縮ですが、そこのところの事情というのを、わたしにも教えてもらえないでしょうか」

　新之助がぎこちない口調でいった。

　半睡は、ちらりと弥十郎の顔を見た。

　弥十郎は軽く頷き、ふぅっと一息ついてから、新之助に視線を向けて口を開いた。

「義父が隠居し、おなつの婿となって家督《かとく》を継いで同心となったわたしは、義父から引き続き藤八に岡っ引きの手札を与えてくれと頼まれたのだ。娘婿のわたしが義父の申し出を断ることなどできるはずもなく、わたしは藤八に手札を与えたのだが、すぐに悪い噂《うわさ》が耳に入ってきた――」

　藤八は、いろんな商家に強請りたかりをしていたのだという。例えば、ちんぴらに店のものを万引きさせ、藤八がその現場を押さえ、奉行所に訴え出ようとする。

　店は奉行所に訴え出られれば、名主やら町役人やらをお調べに連れていかなければならないうえに、ご迷惑をおかけしたということで、宴《うたげ》を開かなければならない。

そうすると、盗まれた被害より数倍もの金がかかることから、なかったことにしてもらおうと岡っ引きに金を包むのである。

それだけではない。不義密通を藤八の情婦にやらせ、首代の七両二分をせしめたりとやりたい放題だったというのである。

「誠に恥ずかしい話だが、そうして得た金を藤八と義父は分け合っていたのだ。もちろん、取り分は七三で義父のほうがはるかに多かった。長い間そうしたことを繰り返していたからこそ、義父は隠居して役宅を出て深川の冬木町の瀟洒《しょうしゃ》なしもた屋を借り、若い後添えをもらって優雅に暮らすことができたのだ」

弥十郎は、そこまでいうと、おさんが運んできた冷めた茶を口に運んで、ごくりと飲み、漢方薬でも飲んだような苦い顔をつくった。

そして、ふたたび口を開いた。

「父が隠居した後も、引き続き藤八に岡っ引きの手札を与えろといったのは、金が欲しいというのが理由だったのだ。やがてわたしは上役からも苦言を呈され、受け持ちの廻り筋に店を構える商人たちからも忌《い》み嫌われるようになってしまった。どうしたものかと頭を悩めていたところ、義父の娘で女房のおなつが、三年前、あっけなく病死した。それを機にわたしは、藤八から手札を取り上げることにしたのだ」

人別帳上では、池田源三郎と弥十郎は義理の親子ではあるが、源三郎の娘であるおなつが亡くなったとなれば、事実上他人の関係になる。

そのうえ、弥十郎の身の上を心配した上役の世話で、弥十郎は二年前におさんを後添えに迎えた。そうすれば、なにかと問題がある源三郎とは完全に関係が切れると、弥十郎も上役も考えたのである。事実、弥十郎は源三郎とおなつの葬儀以来会っていなかったという。

「そういうことだったのですか……」

人に知られたくないであろう事情を直接、弥十郎本人から訊き出した新之助は、申し訳なさそうな顔をしていった。

「これは相談だが、おまえさんの義父上、池田源三郎と藤八の殺しの件、あちきたちに任せてもらっていいかい」

と、半睡が弥十郎に訊いた。

すると、弥十郎は、

「日暮殿、むしろ、わたしのほうからお願いしたいくらいです。もちろん、わたしに手助けできることがあれば、なんなりと申し付けて下さい」

といって、頭を軽く下げた。

五

半睡たちは、池田弥十郎の役宅を出ると、近くにあるという材木屋「竹井屋《たけいや》」を訪ねた。

「いつも大八車はこのようになって置かれています。昨日ももちろん同じように――」

半睡たちの応対に店から出てきた「竹井屋」の番頭は、店の横の路地に半睡たちを案内すると、そこに置いてある大八車を見せた。

大八車の上には、四寸角、六寸角、八寸角といった柱材や杉板などが積み上げられ、それらを太い麻縄で前とうしろの二か所をしっかりと押さえるように縛りつけてある。

「一昨日は、この縄が切れていたそうだな？」

亀次郎が訊いた。

「はい。誠にお恥ずかしい話ですが、縄が古くなっておりまして、切れたようでございます」

「その縄は、捨てちまったのかい？」

亀次郎が訊いた。

「お待ちくださいまし。縄を始末した若い者に訊いてみましょう」

番頭が店の中に入っていった。

空はすでに茜色が消え、外は薄闇に包まれつつあった。

少しして番頭の声に振り向くと、番頭は荒縄を持たせた若い手代を連れてきた。

「こ、これでございますっ……」

瘦せた六十くらいの番頭は、さっきまで見せていた穏やかな顔から緊張した面《おも》持《も》ちになって、声を震わせて荒縄を見せるように若い手代に指示した。

手代が差し出したその二本の荒縄には、刃物で切った痕がはっきり残っていた。

「いくら古くても、二本の荒縄が切れるはずはねぇと思ってやしたが……」

亀次郎が低く唸《うな》るようにいった。

「誰かが、池田殿のお内儀に怪我させたことに間違いないですね」

新之助がいった。

「旦那、これからどうします？」

また大刀を天秤棒のように両肩に乗せ、その大刀の両端を摑《つか》んで中腰になって左右に腰を回している半睡に亀次郎が訊いた。

「あちきは、これから奉行所にいって、池田源三郎が手掛けた事件を調べてみることにしますよ」

半睡は、藤八が殺される前にいった〝あの野郎、帰ってきやがったな〟という言葉に、この事件のすべてが詰まっている気がしてしょうがないというのである。

「旦那、いってぇ、どうしたんですぅ？」

亀次郎が、にこにことうれしそうな顔をして訊いた。

そんな亀次郎を、新之助が怪訝な顔をして見ている。

「ん？　亀さん、なにがですか？」

半睡が右眉を少し吊り上げると、亀次郎を見ていった。

「いや、なんか元の日暮の旦那にお戻りになってるようで、あっしは、うれしくてしょうがなくて」

亀次郎が照れたような顔でいうと、

「亀さん、池田源三郎はたしかに同心の面汚しだったやつでしたがね、仏になっちまったんでしょうに。同じ定町廻り同心だったこのあちきが、下手人を捕まえて成仏《じょうぶつ》させてやらねぇとしょうがねぇでしょうが」

半睡はそういって、両肩に乗せていた大刀を帯に差すと、ゆったりと、しかし、堂々とした足取りでその場を去っていった。

秋の日は、つるべ落としである。さっきまで辺りは薄闇に包まれていたが、いまはもうすっかり濃い闇になっている。

この闇のどこかから下手人が息を殺して自分を見ている――半睡はそんな気がしてならなかった。

南町奉行所に着いた半睡は、まっすぐに吟味《ぎんみ》方《かた》詰所に向かった。ここには、過去五十年にわたる御仕置類例集の写しと事件帖が納められている。その数およそ七千。吟味方が犯罪の事例、犯罪者の身分、年齢、性別などによって分類、整理したものである。

その中から半睡は、池田源三郎の受け持ちだった本所一帯で起きた事件を選び、源三郎が恨みを買ってもおかしくない公事《くじ》を探した。

源三郎と半睡は、ほぼ同じ期間定町廻りを務めている。であるのに、事件帖に記載されている源三郎が扱った事件は驚くほど少なかった。半睡の十分の一にも満たない。

しかし、池田弥十郎の後妻、おさんを怪我させ、藤八と源三郎を殺した何者とも知れない闇に包まれた男の正体が、この御仕置類例集と事件帖の中に潜んでいることは確かなのだ。

この書類の中に、藤八を怨み、源三郎を怨んでいる者がいる。それが何故かはわからない。冤罪《えんざい》だったのかもしれないし、あるいは黙っていればわからなかった事件を暴かれた怨みかも知れなかった。

半睡の頭の中にまた、〝あの野郎、帰ってきやがったな〟という藤八が殺される前に口走ったという言葉が浮かんできた。

〝あの野郎、帰ってきやがったな〟というからには、その男は江戸から追放されたか、あるいはもっと重い遠島処分を受けた者である可能性が高い。

その処分を受けた者が帰ってきて、おさんに怪我をさせ、藤八と源三郎を殺したのである。しかし、どうしておさんまで狙われたのか？　おそらく、おさんを源三郎の実の娘だと思い込んでいるのだろう。

弥十郎がおさんを後添えにもらったのは、二年前である。ということは、男はそれを知らないどころか、源三郎の娘のおなつが亡くなったことも、もしかすると顔さえも見たことがないのではないか？

深夜の九つ（午前零時）過ぎ、半睡はついに次の記載を見つけた。

『本所亀沢町《かめざわちょう》、呉服商い絹田屋嘉兵衛《きぬたやかへえ》五十六歳一件、八月十日池田源三郎捕縛』

八年前の記載で、絹田屋嘉兵衛は、お調べの上、流罪《るざい》となっていた。

嘉兵衛が白状したところによると、仕入れの借金がたまり、有り金をはたいて借金を返すために博奕をしにいったところ、運悪く藤八と源三郎によって踏み込まれ、その場にいた者たちが一網打尽《いちもうだじん》で捕縛されたという。

そして、嘉兵衛はお調べのうえ、入れ墨を入れられ、八丈島《はちじょうじま》に流罪を言い渡されていた。

絹田屋嘉兵衛は、賭場にきたのははじめてだと言い張っている。それが本当ならば、重敲《じゅうたた》きで済むところ、入れ墨を入れられたうえに島送りとは厳しすぎる。

だが、池田源三郎は嘉兵衛は頻繁《ひんぱん》に賭場に出入りしていたと力説し、吟味方は源三郎の言い分を信じて処罰を下している。

（これは推量にすぎねぇが、商人《あきんど》たちから金を搾《しぼ》り取れなくなっていた藤八と源三郎が見せしめのためにやったにちげぇねぇ……）

半睡はそう胸の内でつぶやいた。

〝あの野郎、帰ってきやがったな〟——また、半睡の脳裏に藤八が言い放ったという独り言が浮かんできた。

あの野郎とはだれのことか？——間違いなく、絹田屋嘉兵衛のことだろう。八年前に遠島になった絹田屋嘉兵衛が、ここにきて御赦免《ごしゃめん》になって江戸に帰ってきた。

そして、藤八と池田源三郎に復讐を誓った嘉兵衛は、手始めに源三郎の実の娘のおなつの命を狙った。しかし、おなつが弥十郎の妻になって三年で亡くなったことも、その一年後に弥十郎がおさんを後添えに迎えたことも知らず、おさんをおなつだと思い込んで命を狙ったのだ。

これで藤八と源三郎の悪行とは無関係のおさんまでが、何故《なにゆえ》に命を狙われたのかという謎が解けた。

六

「絹田屋嘉兵衛なる男が赦免されて、戻ったという記録はないな」

新田《にった》倉之助《くらのすけ》は、分厚い調書を見ながら半睡にいった。

昨夜、半睡は「大黒屋」には帰らず、そのまま同心詰所で居眠りしながら朝を迎えた。内役の同心で、御赦《おゆる》し掛かりを務めている、古い友人の新田倉之助が奉行所にやってくるのを待ち、ここのところ八丈島に流罪となった嘉兵衛が御赦免になって江戸に帰ってきていないか調べてもらうためだった。

「そうかね……」

半睡は落胆した。

「新田、悪いが見落としてねぇか。もう一度確かめてくれねぇか」

「何度も見たが、ないものはない。信じられないというなら、ほら、自分の目で探してみろ」

新田倉之助は、むっとした顔で手にしていた分厚い調書を半睡に押し付けるようにして渡すと、去っていった。

半睡は熟睡しておらず、ぼんやりした頭を振るいながら、御赦免で島から戻った男たちの記録を目を皿のようにして探した。しかし、確かに新田倉之助のいうとおり、絹田屋嘉兵衛の名前はどこにもなかった。

半睡は奉行所を出た。秋の空は高く、青々とした朝の陽射しがやけにまぶしく感じられた。

昨夜遅く、吟味方詰所の頼りない行灯《あんどん》の灯りの中で、絹田屋嘉兵衛の記載を見たとき、闇の中を歩き回っている男の姿を捕らえたという気がしたのだ。

だが、先ほどの新田倉之助の言葉を聞くと、絹田屋嘉兵衛という男の姿は、みるみるうちに薄墨で描いた人間のように影が薄れ、消えてしまった気がした。

御仕置例類集と捕物帳の記載も、どこか信じがたい嘘の調書のように思えてくる。昨日まで確信していたはずの、おさん、藤八、池田源三郎、絹田屋嘉兵衛というつながりも、この秋の清々《すがすが》しい朝の陽射しの中では、幻のような手ごたえのない妄想に変わっていく気がした。

（いやしかし、おさんは大怪我を負うところであったし、藤八と源三郎は確かに無残な殺され方をしたでしょうがっ……）

自分を叱咤《しった》するように胸の内でそういうと、半睡は大事なことを見落としていた気がして、はっと立ち止まった。

〝あの野郎、帰ってきやがったな〟——藤八の放ったというその独り言は、確信ではなく、当て推量ではないか？

半睡は、遠島になった絹田屋嘉兵衛の記載を見たとき、〝あの野郎〟と藤八がいう独り言の裏付けを取った気がした。

しかし、よく考えてみると、嘉兵衛が遠島になったときは五十六だったのである。

それから八年経った今、嘉兵衛は六十四なのだ。六十四の老人が、仮に島抜けして戻ったとしても、人目につかぬようにして木材を載せた大八車の太い荒縄を刃物で切って、おさんに怪我を負わせ、藤八と源三郎の首に苦もなく荒縄を巻きつけて絞め殺し、胸や腹などを匕首のようなもので複数個所刺すなどということができるものだろうか？　六十四の老人には人を殺すことよりも、己《おのれ》の死のほうがふさわしいのではないか？

そこまで考えが至ったとき、半睡はくるりと踵《きびす》を返していた。

新田倉之助にもう一度会って、調べてもらうことがあるな——そう思ったのである。

七

その日の夕方、半睡は大黒屋の自分の部屋に新之助と亀次郎を呼んだ。

「藤八と池田源三郎殺しの下手人にちげぇねぇと睨んでいた絹田屋嘉兵衛は、去年の春に死んでいましてね。その知らせは、今年の夏に届いていたらしい。もっとはっきりいうと、夏に八丈島から交易船が、その知らせを持ってきたそうなんですよ」

そういう半睡の顔は、茫洋としたところは露《つゆ》ほどもなく、南町奉行所一の腕利き定町廻り同心だったころの日暮慶一郎そのものになっている。

いつも半睡に軽口をたたく亀次郎だったが、半睡を取り巻いているぴりぴりした空気に圧倒されているのだろう、口を真一文字に結び居住まいを正して半睡の話を聞いている。

「そうでやしたか」

亀次郎が緊張した面持ちでいった。

「しかし、あちきは、絹田屋のひとり息子が、父親の無念の死をどこかで聞いたんじゃねぇかと思っているんですよ」

半睡は事もなげにいった。

「息子ですって!?」

新之助が、素《す》っ頓狂《とんきょう》な声を上げて訊いた。

「うむ。奉行所を出てから、亀沢町にいって、絹田屋周辺の者たちに聞き込みをしてみたんですがねぇ、息子の吉太郎《きちたろう》は家が潰《つぶ》れ、母親が死んだあと行方不明になったそうですよ。吉太郎は、母親が生きているうちから、すっかりぐれて博奕に手をだしていたそうだから、そっちの世界ではけっこういい顔になっていたかもしれませんねぇ」

「…………」

新之助と亀次郎が黙りこくっていると、

「そしてこの夏、八丈島からきた船には、博奕打ちが三人乗っていたそうでしてね。御赦免で帰ってきた運のいい奴らです」

これは、もちろん、新田倉之助が調べてくれたことである。

「そういうやつらの付き合いは限られているでしょうが。絹田屋の息子の吉太郎が、まだどこかの賭場に出入りしていたら、父親の消息をそいつらに訊いたかもしれねぇんじゃねぇですかね」

「十分、考えられることでやすね。しかし旦那、こういっちゃなんですが、それは旦那の当て推量でしょう」

「あ、亀さん、あんた、そんなことというんですか」

それまで日暮慶一郎になっていた半睡は、一気にむくれて、半睡に戻ってしまった。

「あ、いや、だって、旦那、そうでしょう？　ねえ、若旦那、そうですよね？」

亀次郎が新之助に救いを求めるようにいった。

「あ、はぁ、まぁ――」

新之助は、あいまいに答えるしかなかった。

「たしかに今までいったことは、あちきの当て推量ですよ。しかしね、亀さん、あちきの調べじゃ、池田源三郎の娘だと思い込んでいるおさんや藤八、源三郎を殺し足りないほど怨んでいる人間がいるとすれば、それはどう考えても絹田屋嘉兵衛か、その縁者しかいねぇでしょうが」

半睡、すっかり機嫌を損ねている。

「亀さん、それに新さん、いいですか？」

「は、はい――」

「嘉兵衛は、賭場にはじめていっただけで入れ墨を入れられたうえに、島流しの憂《う》き目に遭《あ》い、店は潰れて母親は死んだんでしょうに。そのうえ、父親までも無念の死を遂げたことを知ったら、だれだって何をおいても、父親と母親をそこまで追い詰めたやつを、どこまでも訪ねて探し出すでしょうが。それが人ってもんでしょうに。違いますかね？　あちきのいってることは、おかしいですかね？」

「旦那、あっしは、旦那のいってることが、おかしいだなんてひと言もいってねぇでしょうに。あ、あっしだけでじゃねぇですよ、若旦那だってそうですよね？　ね？」

　亀次郎は、新之助に何度も目で合図を繰り返した。

「あ、はい。父上、親分のいうとおりです。わたしも父上がおかしなことをいってるだなんて、ひと言もいっていません」

　新之助が慌てて、亀次郎に追随《ついずい》していうと、

「ほんとかねぇ？」

　と、半睡は大げさにふたりを怪しんで見て、

「ま、いいでしょう。亀さん、おさんに怪我を負わせ、藤八と源三郎を殺した吉

太郎は、あちきたちの近《ちけ》ぇところにいたことがわかったんですよ」

半睡がいうと、亀次郎と新之助は無言で目を瞠《みは》った。

「驚くのは無理もねぇですが、考えてみるとわけもねぇことだったんですよ」

と、半睡は薄い笑みを浮かべていった。

「旦那、どういうことなのか、焦《じ》らさねぇで早く教えてくだせぇよ」

亀次郎は身をよじって訊いた。

「藤八が昨夜殺された時刻は、夜五つ半ごろに間違いねぇですよ。池田源三郎に、〝あの野郎が、帰ってきやがった〟——そう伝えた帰りに、吉太郎に殺されたんですよ」

半睡の声に微塵《みじん》も迷いはなかった。

「父上、どうしてそう言い切れるんですか？」

新之助が素早く反応して問い質《ただ》した。

「まああ、新さん、慌てるなんとかはもらいが少ねぇというでしょうが。亀さん、藤八が昨夜の五つ半、池田源三郎の家にいくことを吉太郎は知っていたんですよ」

「旦那、冗談でしょ。お言葉ですがね、それを知っているのはあっしと旦那と藤八の三人しかいませんぜ」

「そう決めつけてかかるところが、亀さん、あんたのよくねぇところでしょうに」

「わかりやしたから、どうして藤八が五つ半に池田の旦那の家にいくことを、吉太郎が知っていたのか、もったいぶらないで早く教えてくだせぇよ」

「亀さんがいる賭場に顔を出して池田源三郎のところへの言伝を頼みにきた藤八が、亀さんに断られて出ていったのは昼九つ過ぎだと、はっきり覚えているのはどうしてでしたっけ？」

「え？　そりゃあ、だから、あれですよ、ああ、そうだ。藤八が出ていったあとすぐに、はじめて見る顔の魚売りが押し売りにきたからですよ、へい」

亀次郎が、それがどうしたという顔つきでいると、半睡はおもむろに懐《ふところ》に右手を入れ、一枚の紙を取り出して見せた。

「そのはじめて見る魚売りの男、こんな顔をしてませんでしたかい？」

半睡は取り出した紙を広げ、亀次郎の顔の前に差し出した。

「——あっ、似てるっ。へ、へい、こんな顔をした若い男でやしたっ」

「絹田屋があった本所亀沢町にいったとき、絹田屋によく出入りしていた人たちを番屋に集めて、嘉兵衛のひとり息子の吉太郎の人相書きをつくったんですよ」

「てぇと、あの魚売りが嘉兵衛のひとり息子で跡取りの吉太郎!?」

亀次郎は驚いて、新之助と顔を見合わせた。

「父上、つまり、吉太郎は魚売りになりすまして、ずっと藤八を見張っていたということですか?」

新之助が目を丸くして訊いた。

「はい。藤八は、おそらく投げ文《ぶみ》かなにかで脅かされたんじゃねぇですかね」

「それで、すっかり藤八のやつは、とうに八丈島で死んでいた嘉兵衛が江戸に帰ってきたと思い込んで、〝あの野郎、帰ってきやがったな〟と独り言をいって、慌てて長屋から出てきて、あっしのところにきた。その藤八のあとを魚売りになりすました吉太郎が尾けた。そして、あっしがいる賭場に入ってきた藤八が、あっしに話した内容を戸口で聞いていたということでやすね?」

亀次郎が興奮気味に一気に話し終えると、

「はい」

半睡は頷いた。

「そして驚くこたぁ、まだあるんでしょうに」

と、にやにやしながらいい、

「藤八が殺されているのを見つけて、番屋に駆け込んで知らせたのはだれでしたっけ？」

と、亀次郎と新之助の顔を見比べるようにして訊いた。

「魚売り……」

亀次郎が、まいったとばかりに小さな声でいうと、

「父上、その魚売りも吉太郎だというのですか？」

新之助は啞然《あぜん》とした顔をしている。

「冬木町の自身番屋の番人にもこの人相書きを見せたところ、そっくりだといってましたからね、まず間違いねぇでしょうに」

半睡は煙管に煙草を詰めはじめた。

「すると、旦那、こういうことですか？　吉太郎は、夜五つ半に、池田の旦那の家にいって言伝してくれという頼みをあっしに断られて、自分の足でいくことになった藤八を尾けていき、池田の旦那に言伝し終えた帰りしなの藤八を、あの空き地で殺した……」

亀次郎は考えを巡らしながら訥々《とつとつ》と語った。

「あんな手の込んだ、残酷な殺しをしていたんですよ。気がつくと、町木戸が閉

まる四つ近くになっていて、それで吉太郎はあの空き地で夜を過ごしたってことでしょうに」

半睡は、いつものように輪にした煙を口から吐いて、それを目で追いながらいった。

「そして、朝になってから、亡骸を見つけて慌てふためいた芝居をして自身番屋に駆け込んだってわけですね……」

新之助がまるで感心しているかのような口ぶりでいった。

「しかし旦那、事切れてからとはいっても、あれだけ藤八の体をめった刺しにしたんですぜ。まったく返り血がつかねぇもんでやすかね？」

亀次郎が首をひねりながら訊いた。

「返り血を浴びねぇ殺し方なんざ、いくらでもあるでしょうに。たとえば、生きている人間でも油紙を前にして刺せば、たいして返り血は浴びるこたぁねぇでしょうが。まして、首を荒縄で絞め殺して少し時が経ってから、めった刺しにしたんじゃあ、ほとんど返り血を浴びるこたぁねぇでしょうに。たとえ、血をいくら浴びたとしても天秤棒の籠《かご》の中に用意していた着物に着替えりゃあ、怪しまれるこたぁねぇでしょうが」

「なるほど……」

亀次郎と新之助は、声を揃えていった。

「旦那――」

しばし、沈黙して難しい顔をしながら考え込んでいた様子の亀次郎が声を出した。

「はい？」

半睡は宙に浮かべていた煙の輪から、亀次郎に視線を移して訊いた。

「あの、これからいうこと、怒らねぇで聞いてもらえませんかねぇ」

亀次郎が、おずおずしていった。

「亀さん、そりゃあ、事と次第によるでしょうが」

半睡は事もなげにいった。

「はは、そりゃそうですよね。へい、わかりやした。じゃ、いいです」

亀次郎は、そういうと、口を真一文字にして黙った。

「あ、亀さん、すねちゃいました？　あのね、亀さん、あちきは、あんたのそういうところが好きでもあり、憎たらしいところでもあるんですよねぇ」

半睡は、完全におもしろがっている。

「亀次郎親分、いいたいことがあったらいったほうがいい。ですよねぇ、父上」

新之助がおろおろしながらとりなした。

「亀さん、あんた、いい年なんですから、いつまでも拗《す》ねててもしょうがねぇでしょうに」

半睡が挑発するようにいうと、

「ええ、へい、わかりやした、いいます。いわしてもらいやすよ。旦那、あのですね、ここまでの話はすべて納得しやした。下手人が吉太郎にちげぇねぇとあっしも思いやす。しかしですねぇ」

亀次郎がそこまでまくし立てるようにいうと、それを遮《さえぎ》るように半睡が口を開いた。

「実は、あちきもここまで糸を手繰《たぐ》ったものの、まだ半信半疑ってぇところなんですよ」

「え？」

亀次郎と新之助が、また声を揃えていった。

「だから、あとは試してみるしかねぇ――そう思っているところなのに、亀さんが拗ねちゃうもんだからどうしたもんかと困ってるんでしょうが」

「旦那、試しましょう、ね？　うん、それしかねぇと思いやす。それで、どう試そうってんですぅ？」

「そうするにゃあ、池田弥十郎に力になってもらうしかねぇんですが……」

半睡は、亀次郎と新之助に耳を貸せという仕草をして小声で話しはじめた。

八

次の日、池田弥十郎が八丁堀の組屋敷へ帰ろうと、したたかに酔った足取りで「大黒屋」を出たとき、時刻は五つ（午後八時ごろ）を回っていた。

亀次郎の女房のおりくが持たせた提灯《ちょうちん》が、大きく左右に揺れるほど、弥十郎の足は危なっかしい。

月もない暗い夜で、提灯の光に弥十郎の体が黒く浮き上がって揺れ動いている。まだ人通りがあった。

やがて、中ノ橋《なかのはし》を渡り、下ノ橋《しものはし》が遠くにかすかに見えてきたあたりだった。

弥十郎は、うろ覚えの小唄をろれつの回らない口で歌いながら歩いていった。

そのころから、ひとつの黒い影が、五、六間おいて弥十郎のあとを尾けはじめていた。

その黒い影は、きっちりと五、六間の距離で尾けてくる。

大川《おおかわ》沿いの佐賀町《さがちょう》の中ノ橋と下ノ橋のちょうど真ん中に横に入る道がある。そこにさしかかると、人通りは途絶えた。

と、するすると尾けてくる影が二、三間のあとまで近づいたが、横道から提灯を掲げた男のふたり連れが出てきたのを認めると、立ち止まってまた間を空けた。

影が走り出したのは、弥十郎が下ノ橋の袂《たもと》まできたときだった。突き飛ばされたように弥十郎の体が路上に転び、提灯が手から離れて灯りが消え、辺りは墨で塗ったような漆黒《しっこく》の闇に包まれた。

その漆黒の闇の路上で転んだ弥十郎の体の上にさらに躍りかかろうとした黒い影を、背後から二つの黒い影が現れて組みついて、弥十郎のそばに押し伏せた。

「池田の若旦那、でぇじょうぶですかいっ?」

背中にねじ上げた影の男の両腕を素早く縛り上げながら、亀次郎が怒鳴るように訊いた。

「池田殿、まさか本当に酒を飲んだんじゃないでしょうね」

亀次郎といっしょに影の男を押さえつけている新之助が訊いた。

「いや、それが、水だとばかり思って飲んでいたのだが、途中からどういうわけか酔いが回ってきて……」

ふらふらしながら立ち上がった弥十郎がいった。

「すまん、すまん、おまえさんが、そんなに酒に弱いとは思わなかったからでしように」

少しして、提灯を手にした半睡がいつものように大刀を肩にかけるようにして、ゆったりとした足取りでやってきた。

「まさか、旦那が池田の若旦那に本物の酒を飲ませたんですか？」

半睡が手にしている提灯の灯りに照らされた亀次郎の顔は、呆れかえっている。

昨日、半睡は亀次郎に、藤八と源三郎殺しの下手人について、義理の息子で源三郎の跡を継いで定町廻り同心となった弥十郎が、絹田屋嘉兵衛のひとり息子で跡取りだった吉太郎が怪しいと睨んで必死に行方を追っているという噂を流させて、吉太郎の耳に届くように仕向けたのだった。

そして、翌日の夜、吉太郎の行方を捜す協力を求めるために、源三郎の元同僚だった半睡が住んでいる「大黒屋」に、弥十郎がやってくるという話も付け加えたのである。

それを吉太郎が耳にすれば、義理の息子とはいえ弥十郎の命をもきっと狙うに違いないと半睡は考え、それがぴたりと当たったというわけだった。

「あんまり緊張していたもんで、こりゃ少し酒で酔わせたほうがいいかと思ったんでしょうが」

半睡は減らず口を叩くと、

「絹田屋嘉兵衛の息子の面ぁ、番屋でしっかり拝見しましょうかね」

といった。


捕縛され、佐賀町の自身番屋に連れていかれた吉太郎は、奥の部屋の前の土間に座らされた。その顔は、悔《くや》しさで苦渋《くじゅう》に満ちている。

「おまえは、絹田屋嘉兵衛のひとり息子、吉太郎に間違いないか」

吉太郎の真ん前の上がり框に腰を下ろした池田弥十郎が、じっと吉太郎の顔を見つめて訊いた。もう酔いは、すっかり醒めているようである。

吉太郎のそばには亀次郎、弥十郎の左右に半睡と新之助が腰を下ろしている。

「ああ。それがどうした」

吉太郎は、弥十郎を冷たい目で見返していった。吉太郎は人相書きに描かれているより、悪い人相をしている。

それというのも、吉太郎の人相書きを作る際に、その特徴を人相書き職人に事細かく説明した者たちが知っていたのは、絹田屋が繁盛していたころの跡取り息子として育った苦労知らずの若旦那の顔だったからだ。

博奕場に通うようになり、すっかりその世界でいい顔になってしまった今の吉太郎の顔は、世の中すべてのものに唾《つば》を吐きかけてやるというような歪んだ悪意が刻まれている。

「絹田屋嘉兵衛は、確かに藤八と義父《ちち》、池田源三郎の手によって捕縛され島送りになった。しかし、おまえの父親が、お上が禁じている賭場で博奕を打っていたこともまた確かなのだぞ」

「ああ。しかし、たった一度じゃねぇか。おとっつぁんは、仕入れの金に困って、ありったけの金を持って博奕をしたんだ。たった一度のことなら重敲きで済むって聞いてるぜ。だが、あんたの父親は、おとっつぁんは賭場の常連だったと濡衣《ぎぬ》を着せたんだ。商人たちに金をせびってばかりいたあんたの父親に、商人たちが金を出し渋るようになっていたからだ。おとっつぁんは、その見せしめのために入れ墨を入れられた挙句、島送りになっちまったんだぜ。おかげでおれの家はめちゃくちゃになった……」

吉太郎は、醜く顔を歪めている。

「義父が間違いを犯したことは認める」

弥十郎は、あっさりいった。

「だがな、だからといって皆殺しにされては、たまったものではない」

「説教なんざ、聞きたかねぇっ」

「藤八の居場所をどうやって突き止めたのだ?」

「造作もねぇことだったよ」

吉太郎は、にやりと残忍な笑みを浮かべると、

「藤八の野郎は、いつもたんまり金を持って、賭場にきてやがった。あんたの親父といっしょになって人の弱みに付け込んで手にしてためた汚ねぇ銭を握ってよ。おれは、藤八の野郎に近づいて、おとっつぁんに、どうしてあんな重い罪を着せたのか吐かせた。酒好きなあの野郎は、酔っぱらうとなんでもよく喋《しゃべ》くりやがったのさ」

おおよそ、半睡の推量どおりのことだった。

池田弥十郎は、ふぅっと大きく息を吐くと、

「日暮殿、これからどういたしましょう」

　と、隣にいる半睡に向き直って訊いた。

「吉太郎を捕まえることができたのは、おまえさんの手柄でしょうが。さ、新さん、亀さん、あちきたちはここまで聞きゃあ、十分でしょうに。帰りますかね」

　半睡はそういうと、立ち上がり、自身番屋の出口に向かった。

「さすが、旦那だぁ、あっしは旦那に惚《ほ》れ直しやしたよ」

　自身番屋から出ると、亀次郎がうれしそうな声を出した。

「亀さん、なにをいってるんです。気持ち悪いでしょうが」

　半睡が亀次郎から身を引いて、顔をしかめると、

「へへへ。旦那、今回の事件は、池田の若旦那が始末をつけたってぇことにするんでしょ？」

「父上、そうなのですか？」

　新之助が不思議そうな顔をして訊いた。

「いけねぇですか？　だって、あの人が手を貸してくれなきゃ、吉太郎を捕まえることたぁできなかったでしょうに」

　と、半睡は事もなげにいった。

「あ、はぁ、それはそうですが。しかし……」

新之助がなにかいおうとするのを、亀次郎が遮るように口を開いて止めた。

「旦那、あれでしょ？　池田の若旦那は、これまで長い事、池田の旦那のせいで、同心仲間や上役から疎《うと》まれていた。だから、せめて、義父上と藤八殺しの下手人を捕まえたという手柄を取らせることで、娘婿に入ったがために白い目で見られていた池田の若旦那のこれまで悔しい思いを晴らしてやろう、そういうこってしょ？　いやー、さすが旦那だ、ええ、さすがあっしが命を預けた旦那だ、ご立派でやんす」

亀次郎は、感極まって目に涙を浮かべながら足を止めていった。

が、半睡は聞いていなかったかのように、ゆったりとした足取りで前を歩いていく。

（そうか、そういうことか……）

胸の内でそうつぶやいた新之助は、早足になって半睡に追いつくと、

「父上、ひとつ訊いていいですか？」

と訊いた。

「はい？」

半睡は歩きながら、ちらっと横を歩いている新之助を見た。

「池田源三郎殿の娘を亡くしてからわずか一年で弥十郎殿は後添えをもらい、源三郎殿は親子の縁を切られた格好になったのに、どうして彼は心配して弥十郎殿のところに気をつけるようにいいにいったのでしょう？」

するとと、半睡はすっと歩く足を止めて新之助を優しい目で見つめた。

「新さん――」

「はい」

「池田源三郎は、確かにろくでなしで、同心の面汚しだった男ですが、人の情ってもんの欠片《かけら》くれぇは残っていたってことなんじゃねぇですかね」

「父上、それはいったいどういう……」

「親子の縁てぇのは、そう簡単に切れるもんじゃねぇでしょうが。たとえ、亡くなった娘の父親と娘婿だろうと、あちきと新さんと同じように、義理とはいえ親子にはちげぇねぇんですから、心配もするでしょうに」

半睡は、そういって、にこっと笑うと、前を向いて、またゆったりとした足取りで提灯を手に闇夜を歩いていった。

「父上……」

（父上は、わたしを息子だと思ってくれているのですね……）

新之助は胸に熱いものが込み上げてくるのを感じながら、闇夜に浮かぶ頼もしい半睡のうしろ姿をいつまでも見つめていた。

第四話　なりすまし

一

秋の夕暮れは、ほかの季節よりも人の気持ちを寂しくさせるものだ。

半睡は、仙台堀端の船宿「大黒屋」の裏手の舟が何艘か繋《つな》がれている渡し場で、床几《しょうぎ》に腰を下ろして釣り糸を垂れながら、煙管《キセル》を吹かしている。

その半睡の横で、おまきはぽつねんと腰を落とし、時折大きなため息をつきながら、茜色《あかねいろ》の空を映している水面《みなも》に大きな黒目がちな目を落として物思いに耽《ふけ》っている。

こうしてもうどれくらいの刻《とき》が経っただろう。半睡が釣りをはじめたのは、八つ半（午後三時）ごろだから、一刻はゆうに過ぎているはずである。

その間、半睡は、おまきにひと言も声をかけていない。おまきが、どうして放心状態になっているのか十分知っているからだった。

三日前のことである。深川加賀町の呉服商、「村上屋《むらかみや》」に賊《ぞく》が押し込み、三百両余りもの金銀が盗まれ、家の者八人が惨殺された。二年前から雇われていた二十四の手代の峯吉《みねきち》だけが消えていた。

その峯吉と恋仲だった村上屋のひとり娘のお京《きょう》も殺された。お京とおまきは同じ十六で、同じ縫物の師匠のもとに通う者の中で、一番の仲良しだった。

賊に押し入られた村上屋はどの部屋も血の海と化し、ある者は刀で斬《き》られ、ある者は刃物で刺されて息絶えており、それら八人の亡骸《なきがら》の様子から事件当時は、阿鼻《あび》地獄だったことが容易に想像できた。

なかでも、お京は逃げ惑ったのか、多くの斬り傷に全身血まみれの状態で、〝加賀町小町〟と呼ばれていたほどの美しい顔とはほど遠い、醜い苦悶《くもん》の表情が刻まれていて、だれだかわからないほどだった。

おまきは、その事件を知って躰をぶるぶる震わせて泣き叫んだ。

なにより、お京と恋仲だった峯吉が姿を消したことが、おまきの心を辛《つら》くさせたのだった。

「おとっつぁん、おっかさん、半睡さん、どうして？　何故なの？　二年も恋仲だったのに……」

峯吉が賊の手先だったのは、明らかだった。賊の押し込みの手口は、狙い定めた商家に一味の者を潜り込ませ、部屋の配置から金のありか、家の者たちの生活習慣を入念に調べさせる。

そして決行当夜、潜り込ませた一味の者が、家の内側から鍵を開けて賊を招き入れるのである。

「おまき、峯吉は賊の一味で、仲間のために村上屋に勤めたんだ。お京のために裏切ったらてめぇの命が危ねぇ」

亀次郎は口惜しそうに顔を歪めていった。傍《かたわ》らにいるおりくも、お京の胸の内を想っているのだろう、袖《そで》で涙を拭《ぬぐ》っている。

半睡は、無表情な顔で煙管を吹かし、口から輪にした煙を吐き出して、宙に浮かんでは消えていくそれを見るともなしに見ていた。

「だったら、どうしてお京ちゃんを好いたりしたのよ！」

おまきは、まるで亀次郎が峯吉に見えてでもいるかのように問い詰めた。

「………」

亀次郎は、おまきのあまりの迫力に気圧《けお》されて、言葉を発することができずにいた。

「お京ちゃんを連れて逃げることだってできたじゃない。なにも殺させなくたって……」

「おまき、賊たちの掟《おきて》ってのは、そんな生易《なまやさ》しいもんじゃねぇんだ……」

亀次郎はなんとか言葉を発したが、おまきは亀次郎の言葉など耳に入っていないかのようで、

「まさか、峯吉さん本人が、お京ちゃんを殺したなんてことは?……」

といったとたん、さっきまで収まっていた躰の震えが、自分の言葉で呼び戻されたようにふたたびぶるぶると震えだした。

「おまき、それはねぇ！　そんなことはねぇよっ！」

亀次郎は即座に否定したものの、二度も繰り返したがために、逆に認めたように聞こえてしまった。

「もういや。なにもかも、もういや……」

おまきは力なくそういうと、夢遊病者のように一階の奥にある自分の部屋へふらふらと歩いていった。

それきり、おまきは部屋から出てこなくなった。晩飯も朝飯も食べることなく、

布団に横になったまま、嗚咽《おえつ》を漏らし続けた。

おまきをおりく以上に可愛がっている亀次郎までも食が細くなり、やつれてしまった。

だが、亀次郎は朝がくれば村上屋に押し入り、八人もの命を無惨に奪った賊を捕まえるために新之助についていかなければならなかった。

半睡は、亀次郎や新之助と行動を共にしなかったが、亀次郎はなにも言わなかった。半睡も亀次郎も、村上屋に押し入った賊をそう簡単に捕えることなどできないことをいやというほど知っているのだ。

なにしろ二年もかけて計画を練りに練って、押し入る賊一味なのである。一味に繋がる痕跡など残すはずもないし、村上屋に押し入る手引きをした峯吉はすでに江戸にはおらず、どこかに高跳びしているに違いないのだ。

南町奉行は総力を挙げて賊を捕まえてみせると意気込み、与力や同心たちを数多く探索に投入しているが、それは町人たちに町奉行としての威厳を保つためであって、本気で捕まえることができるとはだれひとり思っていないのだ。

半睡は、そんな探索のために刻をとられるより、隠居の身であるのをいいことに「大黒屋」にいて、おまきを見守ったほうがいいと思っているようだ。

おまきが部屋から出てきたのは、村上屋の事件が起きてから二日後だった。別人のようにげっそりやつれた顔で、なにも食べたくないと言い張るおまきに、おりくは頼むから何か口に入れてくれと涙ぐんで頼んだ。

そんなおまきに、ついに半睡が、

「おまきちゃん、いい加減にしねぇと、あちきは金輪際《こんりんざい》、あんたと遊んであげねぇですよ」

と、きつい口調でいった。半睡なりの思いやりから出た言葉だった。

すると、おまきは、針にどこか突かれたようにぴくっと躰を弾けさせ、

「ごめんなさい、おっかさん、半睡さん……」

といって、おりくが用意してくれていたお粥《かゆ》を口に運んだ。

「亀さんが帰ってきたら、亀さんにも元気な顔を見せてあげてくださいよ。亀さんが、おまきちゃんのこと、どんだけ大切に思っているか、わかってんでしょうが」

半睡が、そういって、にこっと笑みを浮かべると、

「うん。わかった」

おまきは、泣き笑いのような顔で答えた。

二

「村上屋」の押し込み事件が起きてから、半月ほど経ったころのことである。

道端に落ちた木の葉が溜まり、それが木枯しに吹かれて舞い上がる道を亀次郎と新之助が走り、事件が起きた現場に向かった。

熊井町《くまいちょう》の大川沿いの草むらで、女の死体が見つかったという知らせが朝早くに入ったのだ。

発見したのは、熊井町の正源寺《しょうげんじ》の近くで店を構えている小間物屋の隠居の吉兵衛《きちべえ》という六十過ぎの老人で、朝釣りにやってきたところ、顔を石かなにかで潰《つぶ》された女が仰向けに倒れているのを見つけたということだった。

新之助と亀次郎が人垣をかき分けて、亡骸にかけられている莫蓙《ござ》を剝《は》ぐと、ひと目で裏店《うらだな》住まいだとわかる地味な縞模様の着物を着た女が倒れていた。髪は島田髷《しまだまげ》だから、独り身だろうと思われる。

発見者の吉兵衛のいったとおり、女の顔はだれだか判別できないほど潰されていた。

着物に乱れはそれほどなかったが、履物《はきもの》がなかった。亀次郎と新之助は、番人たちに履物を探すように命じ、辺り一面の草をかき分けて探したが見つからなかった。

そこへようやく半睡がやってきて、

「なにか見つかりましたか」

と、のんびりした声で訊《き》いた。

すると、亀次郎が、

「旦那《だんな》、若旦那、ここを見てくだせぇ」

と、草むらを指さした。轍《わだち》の跡が道のほうへと続いていた。

新之助が腰を落として、草むらについている轍の跡を目で追いながらいった。

「轍の跡ですね」

「へい。女はここではないどこか別の場所で殺されて、下手人《げしゅにん》が大八車に乗せてここまで運んできたってえこってすね」

亀次郎が腕組みしながら、顔が潰されている女の亡骸を見ていった。

「女を見つけた吉兵衛は昨日の朝も、ここに釣りにきたけれど、そのときは女の亡骸はなかったということですから、大八車のようなもので女の亡骸が運ばれてきたのは、朝ではなく、それ以前——明るいうちではだれかに見られて不審に思われることを恐れて、夜に運んできたと見るべきじゃないでしょうか」

　新之助がいった。

「そうですね。旦那、女の体の強張《こわば》り具合から、殺されたのは昨日と見てまず間違いねぇでしょう。それと髷や肌艶《はだつや》からして、二十前後の若《わけ》ぇ女でしょう。それにしても、どうしてここまで顔を潰したんですかね？」

「そりゃあ、だれだかわからねぇようにするためじゃねぇですか。それより死因は、なんですかね？」

　半睡の問いに、亀次郎と新之助は戸惑った顔を見せた。

「ふたりとも、その顔はなんです？」

　半睡が、きょとんとした顔で訊いた。

「あ、いや、だって、顔をこれだけ殴られているんですから……」

　と、亀次郎がいった。

「はじめから女を、石かなんかで顔を殴りつけて殺そうとするもんがいますかね？　ちょいと、ふたりとも、女をうつ伏せにしてみてください」

「へい」

亀次郎は新之助に目で合図して、女の肩と足を少し持ち上げるようにして、くるりとひっくり返した。

半睡は女の亡骸のそばに腰を落として、上から下までしげしげと見つめた。

「ん？」

半睡は、小さな声を出すと、懐《ふところ》から朱房《しゆぶさ》のついた十手《じつて》を取り出して、島田髷に結っている後頭部の髪に突き刺すようにして地肌をみようとした。

「うしろ頭もやられてますね」

半睡がいうと、近づいてきた亀次郎と新之助も顔をくっつけるようにして、半睡の十手の先を見た。

「あ、ほんとうですね」

「ということは、父上、下手人はまず女のうしろ頭を殴って、それから前に回って顔をめちゃくちゃに殴りつけたってことでしょうか？」

新之助が訊いた。

「そんなことまで見てたわけじゃねぇんですから、あちきにわかるわけがねぇでしょうに」

半睡がいうと、亀次郎が考えをまとめるように、

「殺されたのは昨日で、人目につかないように夜になってから大八車でここまで運ばれてきたということであれば、町木戸が閉まる前ということになりまさぁね。てぇことは、下手人も殺された女も、この熊井町に住んでいるということになりませんかね？」

といった。

「うむ。そう見て、まず間違いない。親分、それじゃ、女の身元はすぐにわかるね」

新之助はほっとした顔つきでいった。

が、半睡は、

「だといいんですがねぇ」

と、意味ありげにいった。

「父上、それはどういうことですか？」

新之助が怪訝《けげん》な顔をして訊いた。亀次郎も眉根を寄せて半睡の顔を見ている。

「なにがですか？」

半睡は、しれっとした顔で訊き返した。

「だといいんですがねぇって、いったじゃねぇですか。この女は、熊井町に住んでる者じゃねぇかもしれねぇってことですか？　だとしたら、旦那はどうしてそう思われたんです？」

亀次郎が食ってかかるようにいった。

「なんとなくでしょうに」

半睡は、平然と答えた。

「なんとなく？」

新之助と亀次郎が、声を揃えて半睡の言葉を繰り返した。

「はい」

半睡は、まったく悪びれていない。

「はい、って……」

亀次郎は、すっかり呆《あき》れている。

「亀さん、この女が熊井町に住んでいたら、この事件は解決したも同然でしょうに。しかし、これまで一度だってすんなり解決した殺しの事件がありましたか？なかったでしょうに。だから、この女がここの熊井町に住んでる者だったら、ほんとうにいいなと思ったから、だといいんですがねぇといっただけでしょうが。いけねぇですか？」

半睡は、亀次郎と新之助を軽く睨《にら》んでいった。

「あ、へい、旦那のおっしゃるとおりで。へい……」

亀次郎は、叱《しか》られた子供のように顔を下に向けて、もじもじしながら答えた。

「新さんは、どうなんです？」

半睡は、意地悪そうな横目で新之助の顔を見て訊いた。

「父上、わたしがさきほど、呆れたような声を出していったのはなにも父上を責めるつもりでいったのではなくてですね……」

必死に弁解しようとする新之助に、半睡は「もういうな」とばかりに手のひらをかざすようにして、

「新さん、いいんですよ。いつも亀さんにも新さんにも呆れられてしまうような物言いをしてしまうのは、すべてあちきの不徳の致すところなんですから」

半睡は大げさに、しょんぼり肩を落としていった。

「旦那ぁ、だから、あっしも若旦那もぜんぜん旦那に呆れたなんて、ひと言もいってねぇじゃねぇですか。あ、でも、あれです、旦那、もしあっしらが旦那の気分を悪くさせるような物言いをしたんなら、それはあっしらがいけねぇんで、へい。あっしらが謝らねぇと。ねぇ、若旦那」

「そのとおりです。だから、父上、ご機嫌直していただけませんか？」

新之助はあたふたしている。

「なんか、あれですね？　亀さんと新さんの話を聞いていると、あちきが勝手に拗《す》ねているように聞こえるのは、あちきの性格が歪んでいるからなんでしょうねぇ」

半睡はなおもしょんぼりしていった。

「だ、旦那、なにをおっしゃっているんですっ。旦那の性格が歪んでいるなんて、とんでもねぇ。あっしは、旦那ほどまっすぐな性格をしている人、見たことねぇですよ、へい。ねぇ、若旦那？」

「そ、そうですよ、父上。親分のいうとおりですっ」

「どうだかねぇ……」

「旦那ぁ、ほんとうですってば。信じてくだせぇよぉ」

亀次郎は、困り切って、もはや半べそをかいている。

「はい、はい。わかりました、わかりましたよ」

「旦那ぁ……」

なおも、縋《すが》りつくようにしていう亀次郎に、

「亀さん、わかったっていってるでしょうに。じゃ、あちきは帰らせてもらいますよ。あとは、よろしく」

半睡はそういうと、そそくさと現場をあとにした。

「あ、逃げられた……。ったく、旦那のずる賢さにはかないませんや……」

亀次郎が、半睡の背中を見ながら、ぶつぶついっていると、半睡が急に立ち止まって振り返った。

「亀さん、なにかいいました？」

「ぶるるぅ、あっしはなにもいってませんよ。ねぇ、若旦那」

「え？　あ、いや、でも――」

「亀さん、あんたのその心の声ってやつですがね、ボケた爺《じい》さんじゃねぇんですから、お漏らしし過ぎでしょうにっ」

半睡は、亀次郎を睨みつけて、そういうと、くるりと背を向けてすたすたと去っていった。

半睡の見立ては当たってしまった。後頭部と顔を殴られて殺された女の身元は、半月経ってもわからないままだった。

熊井町だけでなく、どこの町の自身番屋にも、若い女がいなくなったという届けがないのである。

村上屋の押し込み事件のほうも、一向に進展はなかったが、救いはおまきの悲しみがずいぶん癒《い》えたようで、以前のようにとまではいかないが、少しずつ屈託のない笑顔を見せるようになっていることだ。

そして、木枯しが吹く日が多くなり、風に冷たさが増すようになったある日のことである。

亀次郎と新之助が、熊井町と相川町《あいかわちょう》の町境にある自身番屋に声掛けして、なにも変事がないことを告げられ、道を歩き出すと、横道にある庄兵衛《しょうべえ》長屋のほうから争う声が聞こえてきた。

「いってぇ、なにを騒いでいやがるんだ？　若旦那、ちょっと見てめぇります」

　亀次郎が長屋の木戸を潜って声のするほうへ進んでいくと、路地の真ん中あたりに人垣ができていた。

『とうとう見つけたぞ。おめぇは、おしまなんかじゃねぇ。すずだ。おれはおまえを身請けするんだっ。さ、いっしょに大宮《おおみや》に帰《け》ぇるんだっ』

　男の怒鳴り声が、はっきりと聞こえてきた。

『わたしは、しまよ。いったいあなたは、だれなの？』

　女は必死になって抗弁している。

『おれがだれかだと？　おい、おすず、おめぇは、ここの娘のおしまって女になりすまして、金持ちのところへ嫁《とつ》ごうってんだろうが、そんなこたぁ、許さねぇっ！　おれが、おめぇを身請けする話は、見世《みせ》とすっかり話がついてんだっ。さ、大宮にいっしょに帰《け》ぇるぞっ』

『いやよっ、離してったらっ！』

『うるせぇっ、おめぇと所帯を持てねぇのなら、いっそのこと、おめぇを殺してやるっ』

　男は叫ぶようにいうと、しばし沈黙がつづき、そのすぐあとに女の細く長い悲鳴が響いた。

亀次郎と新之助は戸を開けるや、十手をかざして家の中に飛び込んだ。

そして、土間で若い女の首を絞めていた、がたいのいい職人風の男を取り押さえた。

「でぇじょうぶか？」

亀次郎が、職人風の男の腕をうしろ手にして縄で縛りながら、顔だけ女に向けて訊いた。

「は、はい……」

女は喉を押さえて、苦しそうに咳《せ》き込みながら答えた。

「いってぇどういうことなのか、詳しいことは番屋で聞かせてもらおう」

縄をかけられた男は、さっきまでの勢いはどこへやら、悄然《しょうぜん》として女を振り返ろうともしなかった。

と、そこへやけに顔色の悪い、痩せぎすの五十過ぎの男が、少し足を引きずりながら慌てて入ってきた。

「い、いったいなにがあったんですかい？」

「おまえは、この家の者か？」

新之助が訊くと、

「へい」

と男がいい、

「おとっつぁんです。わたしの――」

女が素早く答えた。改めて女の顔を見ると、富士額で切れ長の目元が涼しく、鼻筋もすっと通り、唇はぷくんと膨《ふく》らんで妙にあだっぽい。その体も痩せすぎず太からずで、着物の上からでも、くびれているところはくびれ、出ているところは出ていることがわかり、いわゆる小股の切れ上がったいい女だ。

「とっつぁん、あんた、この男を知ってるかね？」

亀次郎が訊いた。

女の父親は、男を恐々と見つめると、

「へ、へい。二、三日前からこの辺をうろついておりやした」

といった。

「あとでまたくる。そのときにゆっくり話を聞かせてくれ。まずは、この野郎をしょっ引いて、話を聞いてからだ。おい、いくぞ」

亀次郎と新之助は、縄をかけた男を連れて家の外に出た。

家の前には、長屋の住人たちが集まっていた。

「見世物じゃねぇんだ。さ、帰《け》ぇった、帰ぇった」

亀次郎は、十手を振りかざして野次馬たちを追い払い、さっきいた熊井町の自身番屋に戻っていった。


「おめぇの名は？」

自身番屋の奥の間で、土間に正座させられている男に、上がり框《かまち》に腰を下ろした亀次郎が訊いた。その隣に新之助も腰を下ろしている。

「平吉《へいきち》といいます」

男は、悄然としたまま答えた。

「何をしている者だ？」

「へい。武州《ぶしゅう》の大宮で大工をしています」

どおりでがたいがよく、日焼けしているわけだと亀次郎は思った。

「武州の者が、なんだって深川の長屋まできて、あんな騒ぎを起こしたんでぇ？」

「へい。あの長屋にいるおしまは、ほんとうのおしまじゃなくて、おすずといって、大宮の『蔦屋《つたや》』って見世で、女郎をしている女なんです。おれは、金を貯めて『蔦屋』の主《あるじ》に身請け話を持ちかけて、主から許しをもらっているんです」

亀次郎は新之助と顔を見合わせた。平吉と名乗る男のいっていることが、理解できないのだ。

「どういうことかね。おめぇがいってるこたぁ、さっぱりわからねぇ」

亀次郎は首を傾《かし》げながらいった。

「親分、あの長屋に住むおしまとおすずは双子なんですよ。ところが、おしまがどっかへ消えちまって、それをおすずがどこでどう知ったのかわかりませんが、おしまに成りすまして、なんとかっていう糸問屋に嫁ごうとしているんですよ。だから、あっしは、おすずの正体をばらして、大宮に連れていこうと思ったんです」

平吉は必死で訴えた。その様子から、平吉が嘘をついているようには見えなかった。

平吉の話によると、おすずの家は百姓だが、おすずが十五のときに、田んぼがいもち病にやられて不作つづきで借金苦になり、両親がおすずを大宮の女郎屋に売ったのだという。

おすずの常連客だった平吉は、こつこつ金を貯めて身請けに必要な二十両を貯め、ようやく見世と話がついたというときになって、おすずが突然、見世から逃げたというのである。

平吉は、必死になっておすずを探した。そして、どこへいったのか、その手がかりを懸命に探し求めた。

すると、以前おすずといっしょに女郎をしていたが、身請けされて金持ちの爺《じじい》の囲い者になっている女を見つけた。その女の話によると、おすずの死んだ両親は実の親ではない。おすずは二十年前に深川で大工をしている家で双子で産まれたのだが、双子が産まれた家には禍《わざわい》が起きるという言い伝えがある。そこで、信心深い大工の両親はおすずを遠戚にあたる大宮の百姓の家に里子に出したらしいのだという話を、おすず本人がしていたことがあると聞き出すことができた。

それを聞いた平吉は、本当の親に会いたくなって深川に行ったのではないかと思い、深川じゅうの大工という大工を訪ね歩き、ようやくおすずを見つけることができたということだった。

しかし、おすずは、自分はおしまで、おすずなどではないといい、もうすぐ門前仲町の糸問屋「辰巳屋《たつみや》」に嫁ぐ身なのだから、妙な噂《うわさ》が「辰巳屋」に聞こえて、この縁談が破談になったらどうしてくれるのだと平吉を拒絶したのだというのである。

「親分さん、おすずを何度も抱いているあっしの目に狂いはありません。おしまと名乗っているあの女は、間違いなく、おすずです。親分さん、確かめてくだせえ」

平吉は、よほどおすずという女に惚《ほ》れているのだろう、亀次郎に縋るように訴えた。

「しかし、さっき、おしまのおとっつぁんが、おしまだっていったじゃねぇか」

亀次郎が腕組みして訊くと、

「親子で嘘をついているんですよ……」

平吉は口惜しそうに顔を歪めている。

「それでは、どこかに、おしま本人がいるはずではないか。おまえは、おしまの居場所を知らないのか？」

新之助が問い詰めると、

「あっしも探しましたよ。しかし、おしまがどこに住んでいるのか、そこまではわかりませんでした」

平吉はしょんぼりして答えた。

どうしたものか？——亀次郎と新之助が困惑していると、若い番人がやってきた。

「亀次郎親分――」

「なんでぇ、どうしたい？」

「おしまさんの父親だという人がきていますが、どうしましょう？」

「あとでいくっていったのにな。ま、手間が省けていいやな。きてもらってくれ。いいですよね、若旦那」

「うむ」

新之助が頷《うなず》いて、少しすると、顔色の悪い痩せぎすのおしまの父親が、少し足を引きずりながら、おずおずとやってきた。

「とっつぁん、なにかいいてぇことでもあって、きたのかい？」

亀次郎がいうと、

「あ、へい。こちらさん、なにをどう誤解しているのかわかりませんが、家にいる娘は、おしまにちげぇねぇです。父親のあっしがいうんですから、間違いねぇです。それだけ言おうと思いまして。へい」

おしまの父親は、どこかおどおどしているように見える。

「そうかい。ところで、とっつぁんの名はなんてぇんだい？」

「留三《とめぞう》といいます」

「留三さんよ、あんたに双子の娘がいたってぇのはほんとうかい？」

「あ、へい……」

「おすずってぇのかい？」

「産まれてすぐに、死んだ女房の大宮にいる遠戚に里子に出したもんで、その家でつけた名までは知りませんで。へい」

「里子に出してからは、一度も会ったことはねぇのかい？」

「へい。縁も情けもすっぱり切りませんと、どっちの家にもよくねぇと思ったもんで、一度も会ったことはありませんです。へい」

と、平吉が突然、

「嘘だっ。あの女は、おすずにちげぇねぇっ。どうしてそんな嘘をつくんだっ」

と叫びはじめた。

「静かにしねぇかっ」

亀次郎は、上がり框から降り立って平吉のもとにいき、十手で平吉の肩をびしっと打った。

「仮に、おしまさんが、おすずだったとしてだ。おすずを十五のときに女衒《ぜげん》から買った女郎屋の『蔦屋』の主が逃げたおすずを探しにきたというのなら、まだ話はわかるが、まだ身請け金も払ってねぇおめぇが、おすずをどうこうするこたぁできねぇだろ。おめぇは、どうこうするどころか、父親がおしまだっていってぃる女の首に手をかけて絞め殺そうとしたんだぜ。こりゃ、立派な罪科《つみとが》だ」

亀次郎にそう叱られた平吉は、また悄然と肩を落とした。

「若旦那、この男、どうしやすか？」

亀次郎が、さっきから沈黙を続けている新之助に訊いた。

「うむ。おしまの首に手をかけて絞め殺そうとした現場を見てしまったのだ。このまま放免するわけにはいくまい。大番屋に送って、どうするかは吟味方《ぎんみかた》に任せるとしよう」

新之助がそういうと、平吉の顔には、どうとでもなれといった投げやりな表情が漂っていた。

四

平吉という男を捕縛したという話を聞いた半睡は、その日の夕刻に留三の長屋を訪ねた。

「留守かい」

腰高障子の向こうに、半睡が声をかけると、少しして戸が開いた。

「あちきがだれだか、わかるかい？」

半睡が、にこっと笑みを見せていった。

留三は、怪訝な顔で半睡をじっと見つめていたが、思い出せないらしく、黙ったきりである。

「おまえさんが父上のもとで岡っ引きをしていたのは、あちきが、まだ見習い同心をしてたころだから、かれこれ二十五、六年になる。思い出せねぇのも無理はねぇってもんでしょうに」

半睡がそういうと、留三は、「あっ」と小さな声を出した。

「日暮のぼっちゃん……」

「うむ――」

留三は、半睡の父、日暮惣市郎《そういちろう》から十手の手札を授かる岡っ引きだったのだが、本職の大工の仕事をしている最中に梯子《はしご》から滑り落ちて、左足の骨を粉々に折ってしまい、止《や》むなく十手を返上したのだった。二十五年前のことである。

「ぼっちゃん、むさくるしいところでやすが、ささ、どうぞ」

留三は、慌てて半睡を家の中に招き入れた。

「岡っ引きの亀次郎から、留三という名で、少し足を引きずって歩く男だと聞いたもんで、もしやと思ってきてみたんだ。そうしたら、大当たりでしょうに」

部屋に上がり、腰を落ち着けた半睡がいった。

「ところで、娘さんの、おしまさんは留守なのかね？」

半睡は、留三に双子の娘がいたことも知らなかったし、見たこともないのだった。

「へい。今日は、五年前に流行《はや》り病で死んだ女房の命日なもんで、近くの正源寺《しょうげんじ》に墓参りにいってやして——すいやせん、こんなものしかお出しできなくて」

留三は、半睡の前に白湯《さゆ》を差し出していった。

「気をつかわねぇでくれ。そうかい。おっかさんの墓参りにいっているのかい。それにしても、門前仲町の糸問屋、「辰巳屋」といえば大店だ。そこに嫁ぐなんざ、玉の輿《こし》もいいところだ。親孝行な娘さんでしょうに」

湯呑みを手にした半睡がいった。

「へい。あっしも腰を抜かすほど驚きました。へい」

「どういう経緯《いきさつ》で、そんな話になったのか、教えてもらっていいかね」

「あ、へい。半月ほど前のことです。「辰巳屋」の番頭だという人が突然やってきて、あっしに話があるから、店までいっしょにきて欲しいといいまして」

「ふむ」

「それで、なんのことやらわかないままついていきやした。で、大きな居間に通されまして、上座に座っていまして、主の仁左衛門《じんざえもん》さんと女将《おかみ》さん、そして、跡取り息子の仁太郎《じんたろう》さんがいきなり、うちの仁太郎がおまえさんの娘さん、おしまに一目惚れした。なにがなんでも、おしまを嫁にもらいたいといってきかない。こちらとしては、すんなり、ああ、そうかいというわけにはいかない。どうしてか、わかるね？　とこういうんです」

「金持ちってぇのは、ずいぶん横柄《おうへい》な物言いをするもんでしょうに。それで、あんた、どう答えたんだね？」

「へい。あっしは、家柄が違いすぎる、そうおっしゃりたいのでしょうといいました。そうすると、そのとおりだ。だが、仁太郎は頑《がん》としていうことをきかない。それでうちのやつも、これはもうおしまを嫁にもらうしかないと言いだして、それでおまえさんに今日こうしてきてもらったというわけなんだ、とこういうんです」

「辰巳屋は、いってぇ、なにがいいたくて、あんたを呼びつけたのかね」

「へい。辰巳屋さんは、人を使って、おしまのことについて、ずいぶん調べたそうでして。ぼっちゃん、実はお恥ずかしい話ですが、おしまは身持ちがよくねぇときがありまして、一刻《いっとき》、やくざな男と付き合いをしたこともありましてね。辰巳屋さんは、あっしが貧乏なのは構わないが、身持ちのよくない女を嫁にするわけにはいかない。あんた、娘の身辺をきれいにすることができるかねと——」

「ほぉ、辰巳屋はあんたが以前、岡っ引きだったことを知っていた。そういうことかね？」

「へい。そのようで——」

「で、うまいことといったのかね」

「へい。おかしなやつらとはすっかり縁を切らせて、おしまも心を入れ替えると誓いまして、お陰様で縁談もまとまった次第で。へい」

「ところで、あんたには双子の娘がいるそうだね」

「あ、へい……」

「武州の大宮に住んでいる遠戚に、双子のひとりを里子に出したってのは本当かね」

「へい。二十年前のことです」

「その娘、おすずとかいうそうだね。そのおすずを身請けするはずの男が昼間、ここにやってきて騒ぎを起こして、しょっ引かれたそうじゃねぇですか」

「幸い、亀次郎親分とぼっちゃんが養子に迎えた若旦那が駆けつけてくだすって、事なきを得まして、ありがとう存じます」

「ふむ。で、そのおすずって娘の居所はわからねぇままなのかい」

「へい。さっぱり――」

「実は、もうひとつ訊きてぇことがあってきたんだがね」

「なんでしょう？」

「半月ほど前、ここから三町ほど離れた大川沿いの空き地で、顔を潰された若い女の仏が見つかったことは知っているでしょうが」

「へい。耳にしました」

「その仏、熊井町に住んでいた女だと睨んでいるんだが、どこからも届けがねぇんですよ。どこかの家で、娘がいなくなったという話を聞いたことはないかね」

　半睡は、じっと留三の眼を見据えて訊いた。

「さぁ。あっしは聞いたことがありません」

心なしか、半睡には留三が眼を逸《そ》らしたように思えたが、気のせいかもしれない。

「そうかい。邪魔したね。しかし、あんた、どこか具合が悪いのかね。ずいぶん顔色もよくねぇし、昔に比べると別人のように痩せちまったように見えるでしょうが」

半睡は、立ち上がりながらいった。

「いえ、もう年ですから。どこか悪いってぇことはありません」

「そうかい。そうなら結構でしょう」

半睡は雪駄《せった》を履《は》き、留三の家をあとにした。

五

留三の家を出た半睡は、相川町を上がって諸町《もろまち》との境の横道を曲がり、正源寺の裏から墓地に入っていった。

まだ、おしまが墓参りをしているかもしれないと思ったのである。

広い墓地を見回すと、墓参りにきている人の姿は見えなかった。

が、よくよく目を凝《こ》らして隅々まで見回してみると、墓地の左隅の墓石の前にしゃがみ込んで目をつむって手を合わせ、一心に拝んでいる美しい顔立ちの若い女がいた。

空は遠くのほうから、そろそろ茜色に染まりはじめていた。

女が手を合わせている墓の前に二筋の線香の煙が立っている。

もうずいぶん長い間、拝んでいるのだろう、二本の線香はずいぶん短くなっていた。

（あの女が、おしまだな……）

半睡は、確かめようと若い女に近づいていった。

すると、半睡が近づく前に右手の墓の陰から、すっとひとりの男が現れて、女にまっすぐ向かっていった。

そして、男は女の背後に立った。半睡は咄嗟《とっさ》に木陰に身を隠した。

「だれ!?」

気配に気づいた女は、しゃがんだまま振り返って男を見た。

男はにやにや笑っている。目つきが鋭く、頬骨の張ったその男の顔には、刃物で抉《えぐ》られた痕《あと》があり、ひと目でやくざ稼業をしている者と知れる雰囲気を漂わせているが、男前といえなくもない見目をしている。

「おめぇは、やっぱり、おしまじゃねぇな」

男は、低くくぐもった声でいった。

「な、なにをいっているの？　わたしは、しまよ」

若い女の声は震えている。

「おめぇが、おしまなら、この佐平次《さへいじ》さまの顔を知らねぇとはいわせねぇ。おめぇ、もしかすると、おすずだろ？　そして、半月前に、おめぇは、おしまになりすまそうとして、おしまの顔を潰して殺したんじゃねぇのか？　な？　そうだろう？」

（――半月前に顔を潰されて殺された女は、おしまなのか？）

半睡は驚きを隠せなかった。

おしまは顔面蒼白《そうはく》になって、言葉を出せずにいる。

「おしまなら、一刻《いっとき》おとっつぁんの家に戻るだろうが、おれの家から出ていったきり、戻ってこねぇなんてことはしねぇはずだからな」

佐平次と名乗った男は薄ら笑いを浮かべて、また一歩、女に近づきながらいった。

「ほら、おしま、おれさまの顔をようく見るんだ。まさか、忘れたってわけじゃあるめぇ。なんなら、ここで素っ裸になって、背中の彫り物を見せてやろうか？」

今にも諸肌《もろはだ》を脱がんとしている佐平次に、顔を強張らせている女は持ってきていた柄杓《ひしゃく》を手にしたが、震えているのが遠目にもわかる。

「抱き合った男の背中の彫り物も忘れた。顔も覚えていねぇ？　そうくるなら、手っ取り早くそこらの出合茶屋にしけこんで思い出させてやろうか？　それとも、おすずさんよ、辰巳屋の若旦那におめぇが、おしまを騙《かた》って嫁入りしようとしていることをたれ込んでやろうか？」

男は、相変わらず不気味な笑みを浮かべて、じりっじりっと女ににじり寄っていった。

「……………」

女は顔色をなくして怯《おび》えている。

「おれは、おめぇが、おしまならおしまでちっとも構わねぇよ。約束どおり、辰巳屋の中から手引きしてくれりゃそれでいいだけだからな。くっくっく……」

佐平次は、喉を鳴らして不気味な笑い声を出している。

（なに、手引きだと？　ひょっとして盗賊一味の……）

半睡は一瞬にして顔を強張らせた。

あとずさっていた女は、腹を決めた顔つきになって、ぐっと男の前に出ると、

「おまえがどこのだれだかは知らないけど、わたしはしまだよ。おまえには、会ったこともなければ、抱き合ったこともないねっ。これ以上、わけのわからないことをいうのなら、番屋に駆け込むよ。それでもいいのかいっ!?」

と、毅然《きぜん》とした態度でいい放った。

すると佐平次は、

「なんだとっ、このあまっ！」

と叫ぶようにいい、女に飛びかかろうとした。

「おっと、乱暴を働くのは、そこまででしょうがっ！」

半睡が飛び出していった。

背後から不意に半睡に声をかけられた佐平次は、さすがに驚いたようで、振り向いて見せたその顔には戸惑いと恐怖の色が入り混じっていた。

「なかなかおもしれぇ話を聞かせてもらったが、もっと詳しく訊きてぇことがあるでしょうが。さ、いっしょにきてもらおうかね」

半睡は懐から取り出した朱房のついた十手を、佐平次の顔に突きつけていった。

「お、おめぇは……」

「十手が見えてるでしょうに。あちき、南町奉行の臨時廻りだ。さ、おとなしく番屋にいくか、ここで立ち回りを演じるか、どっちにするかね？」

「おしまを殺したのは、この女、おすずだ。お、おれには、おしまって女を殺す理由がねぇっ！」

佐平次は、顔面を蒼白にして不貞腐《ふてくさ》れた口調でいった。

と、突然、女が、

「理由はあるよ。おまえは、おしまだと思って、妹のおすずを殺したんだっ」

と、吐き捨てるように言い切った。

「てめぇ、さっきはおれを知らねぇといいやがったじゃねぇかっ」

今や形勢は完全に逆転していた。佐平次は追い詰められ、顔に苦渋《くじゅう》の色を滲《にじ》ませている。

そんな佐平次を見ていた女は笑い出した。

そして、

「おまえは馬鹿だねぇ。辰巳屋に嫁入りするのは、あばずれ呼ばわりされているこのおしまなんだよ。おまえみたいなろくでなしに付きまとわれて、せっかくの玉の輿の縁談がぶち壊しになったら困るから、白《しら》を切ったまでのことさ。でもね、おしまと間違っておすずを殺したとなれば、おまえは死罪だよ。そうなりゃ、このおしまさんは、辰巳屋のお女将さんにおさまって枕を高くして眠れるってわけだ」

といううと、女は気持ちよさそうに高らかに笑いはじめた。

佐平次は口惜しそうに顔を歪めていたが、諦《あきら》めがついたのか、がくっと肩を落とすと、そのまま地面に膝をついた。

「おしまさん、安心してる場合じゃねぇでしょうに。寺の小僧を自身番屋に走らせて番人を呼んでこさせなきゃならねぇでしょうが」

半睡が女に向かっていうと、女は頷き、その場から去っていった。

六

半睡は、おしまに辰巳屋に嫁入りし、押し込みの手引きをするように迫った佐平次を大番屋送りにした。

そして半睡は、おしまといっしょに留三の家にもう一度向かった。

半睡は、心の中で思っていた。

（このおしまってあばずれが、おとなしく「辰巳屋」の若女将に納まっていられるもんかねぇ。あの佐平次のようなごろつきの手引きをして金銀を盗んで、したい放題するほうが性に合ってる気がするでしょうに……）

半睡の少しうしろを歩いてついてきているおしまを、半睡はわずかに顔を曲げて横目で見た。と、さっき見事といっていい啖呵《たんか》を切ったおしまとはほど遠い、楚々《そそ》としたおしまが歩いている。

（ん？　佐平次がいったように、おすずが、おしまに成りすましているってぇことはないかね？　いや、十分、考えられることでしょうに。実際、さっき墓場で出会ったとき、この女は佐平次を見て、〝だれ!?〟と、驚いた顔で咄嗟にいった。あとでひっくり返したが、あれは演技でできるもんじゃねぇでしょうに……）

半睡が心の中でそう問答を繰り返していると、

「あのぅ……」

と、おしまが心細そうな声を出していった。

「なんだね？」

半睡は立ち止まって、おしまを見つめた。

「平吉って人は、どうなるんでしょうか？」

おしまは、目を伏せて訊いた。

「おまえさんの首に手をかけて絞め殺そうとした男のことが、そんなに気になるのかね」

半睡が右眉を少し上げて訊いた。妙だと思ったのである。

「あ、いえ、気になるというほどのことではないのですが、妹のおすずが佐平次に殴り殺されたんだとしたら、悲しむだろうなと思ったもので……」

おしまは、どぎまぎしているように見える。

「まだ仏がおすずと決まったわけじゃない。もし本当なら、そりゃぁ、そうとう惚れていたみてぇだから、悲しむでしょうに。ま、平吉って男は、いずれ重敲《じゅうたた》きの処罰が下って娑婆《しゃば》に戻れると思うがね」

半睡はそういいながら、

（この女が、おすずだとしたら、佐平次を死罪にして平吉を娑婆に戻したほうが寝覚めがいいに決まっている。そして、佐平次がおしまを殺したと白状すれば、事件は一件落着。おすずは、おしまになって「辰巳屋」に嫁入り。めでたし、めでたしでしょうに……）

と、胸の内に疑念が次々に湧いてくるのだった。

「どうかしましたか？」

考え込んでいる半睡に、おしまが眉をひそめて訊いてきた。

「あ、いや——さ、おとっつぁんのところに急ごうかね」

半睡は足を早めた。

長屋に着いた半睡は留三に、おしまがいた正源寺に佐平次が現れ、「辰巳屋」に押し込みの手引きをするように迫ったこと、半睡が佐平次を捕らえて大番屋に送ったことを伝えた。

「佐平次め、おしまに近づいたら、ただじゃおかねぇとあれだけ言い聞かせたにもかかわらず、しつこい野郎だっ……」

留三は、憎々し気に顔を歪めて吐き捨てるようにいった。

「佐平次をあのままにしていたら、『辰巳屋』とのせっかくの縁談も破談になっていたでしょうに」

「ぼっちゃん、ほんとうにありがとうございます。これで安心して、おしまを『辰巳屋』さんに嫁がせることができます」

留三はあぐらをかいていたのを正座に座り直すと、半睡の前で両手を畳につけ、額をこすりつけんばかりに頭を下げて礼をいった。

「あちきも四十過ぎでしょうに。ぼっちゃんは、やめてくれねぇですか。しかし、佐平次もいっていたが、やつがここにいるおしまと大宮から出てきたおすずを取り違えたとして、どうして顔を潰すまでして殺したのか、どうも解《げ》せねぇのは、あちきだけかね。留三、おしま、どうしてだと思うね？」

半睡は、留三とおしまを交互に見やって訊いた。

「おしま、おまえならわかるんじゃねぇのかい？」

留三が、おしまを見ていった。

「おとっつぁんにいわれて佐平次とは縁を切ったんだけど、わたしが『辰巳屋』に嫁ぐことをどこかで嗅《か》ぎつけたあいつは、よりを戻そう。そして、『辰巳屋』に嫁いで押し込みの手引きをしてくれ。金銀財宝すべて手にして江戸からおさらばして、京か大坂にいって遊んで暮らそうぜって、しつこくいってきたんだよ。もちろん、心を入れ替えたわたしは断り続けた。でも、あんまりしつこいから、あんたがしてきた悪さをお上に届け出るよっていってやったんだ。それで、佐平次はわたしを殺す段になって、おすずと取り違えてしまったに違いないよ。顔を潰すほど殴りつけたのは、わたしが憎いのと、身元をわからなくするためだろうさ」

おしまはあばずれの口調で、汚いものを口に入れたときのように、苦い顔をして吐き出すようにいった。

「ふむ。なるほどね」

半睡が得心した顔でいった。

「それにしても、半月前に顔を潰されて殺された女が、おしまの妹のおすずだったなんて……」

留三は愕然《がくぜん》とした面持《おもも》ちでいった。

そして、はっと思い出した顔つきになって、

「ぼっちゃん、おすずの亡骸は、熊井町の大川沿いの空き地で見つかったんですよね。てぇことは、正源寺で無縁仏になっているんですかい？」

と訊いてきた。

「うむ。おまえさんたち、明日にでも拝んできたほうがいいでしょうに」

「へい」

「はい」

留三とおしまは、蚊《か》の鳴くような弱々しい声で答えた。

七

その夜――おすずは、布団に入ってもなかなか眠ることができずにいた。

隣の留三は、すでに寝息を立ててぐっすり眠っている。

(わたしが『辰巳屋』さんに嫁ぐなんて、ほんとうにいいのかしら……)

おすずは、そう胸の内でつぶやくと、大きくため息をついた。


あれは、二十日前の夜のこと――おすずは、声をかけようかかけまいか迷いながら、留三の家の戸口に立っていた。

武州の大宮から深川にやってきたおすずは、四日かかってようやく留三の家を探し当てたのだった。

「おしまか?」

突然、腰高障子の向こうから声がして、驚いたおすずはどこかへ隠れようとしたが、戸が開くほうが早かった。

「おしまっ。おまえ、いってぇどこにいってやがったんだっ。親に心配ばかりかけやがって、この親不孝者がっ」

留三はそういうと、おすずの手を取って、無理やり家の中に引き入れたのだった。

「おとっつぁん、わたし……」

おすずがなにかいおうとするのを留三は遮《さえぎ》るように、

「あの佐平次といっしょになるというのなら、おまえとは親子の縁を切る。わかったな」

といった。

「おとっつぁん、わたし、おしまじゃない……」

留三が摑《つか》んでいる手をなんとか離そうと、もがくようにしておすずがいうと、

「なにをいってやが……」

振り向いておすずの顔をじっと見つめた留三は、言葉を失って、立ちすくんだ。

「おしまじゃねぇって、じゃあ、おめぇは……」

留三はごくりと音を立てて生唾《なまつば》を飲み込んだ。

「二十年前、この家で産まれた双子のすずです。武州の大宮の遠戚に里子に出さ

れた……」

　おすずは、目を潤《うる》ませている。

　そんなおすずの顔を留三は、信じられないという顔で、しげしげと見つめている。

「おめぇ、ほんとうに、おしまじゃねぇのか？」

　父親の留三でさえ、見分けがつかないほど、おすずはその整った美しい顔立ちから女らしい体型までおしまと瓜二《うりふた》つなのだった。

「はい。すずといいます。育ての親がつけてくれた名です」

「どうして、今になって訪ねてきたんだ？」

「育ての親が相次いで死んでしまったんです。それで――」

　天涯孤独《てんがいこどく》の身となったおすずは、どうしてもほんとうの親に会いたくなったのだと語った。百姓だった育ての親は、おすずがまだ物心つかないころから、きつい野良仕事をさせた。

　おすずが泣き言をいうと、決まって自分たちはほんとうの親ではないこと、産みの親は深川で大工をしている留三とおたかという名だといい、飯を食えるだけでもありがたいと思えと叱った。

そして、十五のとき、田んぼがいもち病にやられて不作が続くようになると借金苦になって、おすずを大宮の女郎屋「蔦屋」に売り飛ばしたのだと涙ながらに語った。

「そうだったのかい。苦労したんだなぁ。すまねぇ……五年前に死んじまったおたかは口にこそ出さなかったが、おめぇがどうしているのか気にかけていたようだったぜ。いつも夕方になると、大きなため息をついて、ぼんやりしていてなぁ。そんなおたかを見ると、ああ、里子に出したおめぇのことを想っているんだろうと思ったもんだぜ……しかし、おめぇがそんなに大変な苦労していたとはなぁ。すまねぇ。ほんとうに、すまねぇ。双子が産まれた家には禍が起きるなんて、そんな迷信を信じちまって、里子になんか出したばっかりに……このとおりだ。すまねぇ。許してくれ、おすず……」

留三は、目頭《めがしら》を押さえながら、何度も詫《わ》びた。

そして、双子のもうひとりはどうしているのかと、おすずが訊くと、姉のおしまは身持ちの悪い女に育ってしまい、今は佐平次というごろつきとくっついて、ひと月ほど前に家を出ていって本所のどこかの長屋でいっしょに暮らしていると答えた。

「だから、おまえは、女郎屋なんかに戻らねぇで、ここに住め。おしまの馬鹿は戻ってくるこたぁねぇだろうから、おしまになりすませば、たとえ女郎屋の者がおまえを探しだしたとしても、おれが、おしまだと言い張れば戻されることはねぇ。苦労してきたおまえに、贅沢《ぜいたく》をさせるこたぁできねぇが、せめて女郎に戻らねぇようにする手助けくれぇはさせてくれ。頼む。おすず……」

留三は、おすずの両手を握って、何度も頼み込んだ。

「うん。おとっつぁんがそういってくれるんなら、わたし、おしまになって、ここに住むわ。そして、これまでできなかった分の親孝行をさせてもらいます」

「そうかい。そいつぁ、いい。それにしても、双子ってのはこうもそっくりたぁ驚いたぜ。まるで見分けがつかねぇ」

こうして、おすずは、おしまに成りすまして、留三と暮らすようになったのだった。

もちろん、長屋の住民に怪しまれないように、おしまのあばずれな物言いや気性、覚えていたほうがいいと思われる事柄を留三に教えてもらうなど、念には念を入れた。

そうしたおかげもあって、長屋の住民たちに特に怪しまれることなく、おすずと留三の暮らしはうまくいった。

おしまに比べれば、おすずはおとなしいところや恥ずかしがりのところがあるのだが、そんなことで怪しまれないほど、おすずとおしまは瓜二つだったのである。

そして、門前仲町の糸問屋、『辰巳屋』の番頭が訪ねてきたのは、おすずと留三がいっしょに暮らしはじめて五日ほど経った日のことだった。

五日前、大宮から深川にやってきたおすずは、留三の家を探し歩いていたとき、門前仲町の通りで物売りにぶつかって道に転んだ婆さんに駆け寄って立ち上がるのを手伝った。その姿を見た『辰巳屋』の若旦那の仁太郎が一目惚れし、ぜひ嫁に欲しいといっているから、いっしょにきて欲しいといってきたのだった。

その縁談はとんとん拍子に運んだのだが、ある日、突然、留三とおすずの家に、おしまが姿を見せたのだ。

お互いはじめて会ったおしまとおすずは、目を丸くして驚いた。それほど、そっくりなのである。

「これは驚いたね。あたしとまったく瓜二つじゃないか。おすずっていったね。悪いけど、『辰巳屋』にはこのあたしが嫁がせてもらうよ」

しげしげとおすずを見たあとで、おしまは唐突に思ってもみなかったことを言いだした。

「おしま、おめぇ、いってぇなにをいってやがんだ」

驚きのあまり、言葉が出てこないおすずに代わって、留三がおしまを窘《たしな》めた。

「なにをいってるって、おとっつぁん、『辰巳屋』の若旦那は、おすずじゃなくて、おしまを嫁に欲しいといってきたんだろ？　だから、あたしが嫁ぐのが当たり前じゃないか」

おしまは、まるで悪びれることなくいった。

「おめぇってやつは……だいたい、『辰巳屋』さんとの縁談話、いってぇ、どこでどうやって知ったんだ？」

留三は、おしまをぎっと睨みつけて訊いた。

「あたしは、地獄耳だからねぇ」

おしまは、しれっといった。

「おすず、おまえはちょっと外に出ててくれ。今日という今日は、このあばずれの根性を叩き直してやるっ」

留三は腕まくりしている。

「おとっつぁん――」

おすずは、おしまと留三の間でおろおろしている。

「おすず、いうことを聞けっ。一刻ばかり、外に出てろっ」

「わかったわ。でも、おとっつぁん、乱暴な真似だけはしないでね」

おすずは、そういうと、うしろ髪を引かれる思いで外に出ていった。


留三が家の戸を開けると、すでに帰ってきていたおすずは針で突かれたように、びくんと体を弾けさせて立ち上がった。

「おとっつぁん、どこにいってたの?」

おすずは、不安な色を瞳の奥に宿して訊いた。

「うむ。ちょっと用があってな……」

留三はうつむいて答えた。

「おしま姉さんは?」

「佐平次って男の家に帰《け》ぇったよ。もうなんにも心配はいらねぇ。これであとは、おすずが『辰巳屋』さんに嫁にいけば、めでたし、めでたしだ……」

そういって、草履《ぞうり》を脱いで居間に上がろうとしたとき、留三は咄嗟に手を口に当てると同時に、大量の血を吐いた。
「！――おとっつぁん！　大丈夫!?　ねぇ、しっかりしてっ。おとっつぁん！
……」
おすずは叫びながら、体を揺すった。すると留三は力なく目を開けた。

八

佐平次はいくら激しい拷問《ごうもん》を受けても、
「おれは、おすずを殺していない。殺されたのは、おしまだ」と言い続けた。
そして、
「いくら双子だからって、自分の女を見間違うわけがねぇ」と言い張っているという。
一方、新之助と亀次郎が捕縛した平吉は、半月後に重敲きの刑を受けて釈放された。
頑として、おしま殺しを認めない佐平次だったが、激しい拷問に耐えかねて、
加賀町の呉服商「村上屋」の押し込みには関わったと白状したのである。

そして、自分は峯吉の兄貴分だとも吐いた。手引きした峯吉は賊の仲間ではなく、博奕《ばくち》の借金を清算するために佐平次に誘われて仲間になったということだった。

佐平次は、博奕場で知り合った峯吉を、胴元と示し合わせて借金まみれにしたのだと語り、また押し込みの首謀者の名前と峯吉やその一味の潜伏先も白状した。

しかし、それでも佐平次は、「おしま殺し」は自分が下手人ではないと言い張り、どっちにしても死罪になるのなら、「村上屋」に押し込んで人を殺した罪で殺してくれと、御白洲《おしらす》の場で食ってかかったという。

「村上屋」の押し込みの件が明らかになったことを知ったおまきは、落ち着かない様子になったようだった。

おまきは、峯吉が、恋仲だったお京をほんとうはどう思っていたのか知りたいと思ったが、その一方で、真相を聞くのも怖いとも思うのだった。

峯吉は、まだ捕まっていないが、半睡の話によると首謀者の名まで明らかになったからには、遅かれ早かれ捕まるだろうと、おまきにいった。

それを聞いたおまきは、峯吉が捕まれば死罪、そうであるならお京は殺されてよかったのかもしれないという想いと、でも、納得がいかないという想いの狭間《はざま》で気持ちが揺れ動いているようだった。

日が落ちたころ、新之助は馬に乗った上役の与力、井上主馬とともに、捕り方十名を連れて石原町《いしわらちょう》の改築中の旗本屋敷を取り囲んでいた。

大番屋で拷問を受けた佐平次が、加賀町の呉服商「村上屋」に押し入った強盗の首謀者は佐木《さき》源二《げんじ》郎《ろう》という浪人で、「村上屋」に手代として入り、押し込みの手引きをした峯吉とその仲間十人ほどの潜伏先が、その改築中の旗本屋敷だと白状したのである。

「いけ！　一人残らず捕り押さえるのだ！」

与力・井上主馬の号令がかかると、新之助と捕り方たちは、いっせいに「御用だ」と声を上げながら、屋敷の中へ攻め込んでいった。

喚《わめ》き声や怒声が響き渡り、物がぶつかり合う音や刀と刀を切り結ぶ音がしばらくの間続くと、やがて中庭に腰縄を打たれた男たちが捕り方たちに連れられてやってきた。

「首謀者の佐木源二郎は、どの者だ!?」

車座になって座らされている強盗たちは互いの顔を見合わせ、佐木源二郎を探していたようだったが、どうやら捕まらず逃げおおせたようだ。

「探せ！　佐木源二郎を探し出し、生け捕りにするのだ‼」

　与力・井上主馬は馬上で叫んだ。


「親分、こちらです」

　峯吉が屋敷の裏口から、がたいの大きい四十過ぎの佐木源二郎を近くの堀へと急がせている。

「うむ」

　腰帯に大小を差している佐木源二郎は、それを手で押さえ、堀に浮かんでいる猪牙船《ちょきぶね》へ急いだ。

「逃げようとしても、そうはいかねぇでしょうが……」

　物陰から声がすると、紅を溶かしたような真っ赤な夕日を浴びた、すらりとした長身の男が姿を見せた。

　半睡である。右肩に大刀を担ぐように持っている。

　佐木源二郎は半睡を睨みつけ、ゆっくりと刀に手を持っていき、鯉口《こいぐち》を切った。

　半睡との距離はおよそ二間。ふたりの様子を傍らではらはらしながら、峯吉は見ている。

佐木源二郎は刀を抜くと正眼に構え、半睡との間合いをじりっじりっと詰めていった。

半睡は一向に動こうとせず、大刀を肩に置いたままで、顔色ひとつ変えずに佐木源二郎の動きを目で追っている。

佐木源二郎はじりじりと間合いを詰め、半睡まであと一間のところまできた。すると、正眼の構えから刀を振り上げると同時に、「きえぇー」という気合のこもった奇声を放って、半睡に向かっていった。

と、半睡はいつの間に鯉口を切っていたのか、肩に担ぐように置いていた大刀の鞘を宙高く放り、納まっていた刀身を腰を落として水平にすると、向かってきた佐木源二郎の懐に入り込むようにして胴を払った。

その一連の動きは一瞬の水の流れように見事なものだった。

そして、宙高く放たれていた半睡の刀の鞘が、ぽとりと地に落ちたのと同時に、それまで半睡にずばりと胴を払われたままの格好で動きを止めていた佐木源二郎が、かっと目を見開いたまま、どっと道に倒れ、動かなくなった。

それを見ていた峯吉は、逃げるのも忘れて腰を抜かして、道に尻餅《しりもち》をついた。

「ひと殺しっ!!　ひと殺しだぁ!!」

峯吉は甲高《かんだか》い声で叫んだ。

すると地に落ちた鞘を拾った半睡は、峯吉に近づいていって、刀身を目の前に持っていき、

「血はどこにもついてねぇでしょうに。あちきの大事な刀にあんたらのような汚ねぇ血をつけるわけにいかねぇでしょうが」

といい、

「亀さん、あとは頼みましたよ」

と物陰の方に声をかけると亀次郎が現れ、佐木源二郎と峯吉を懐から取り出した捕り縄でしばりつけ、「旦那の腕は少しも衰えていませんねぇ」と、うれしそうにいった。

「父上、佐平次は、ほんとうに、おすずを殺していないのではないでしょうか」

新之助が眉根を寄せて訊いてきた。

「どっちにしても死罪は免《まぬが》れなかったとはいえ、殺《や》ってもいねぇ罪を背負って拷問死ってぇのは、どうも寝覚めが悪かねぇですか？」

亀次郎も難しい顔を拵《こしら》えている。

「そうですかねぇ」

半睡がようやく口を開いた。

「旦那、そりゃあ、いってぇどういうことです？」

亀次郎が前のめりになって訊いた。新之助も興味津々《しんしん》という顔つきだ。

「佐平次は手を下していねぇかもしれませんがね、やつのせいで結局、おしまは殺される羽目になったんじゃねぇかって気がしてしょうがねぇんでしょうに」

半睡は禅問答のようなことをいった。

「父上は、どうしてそう思われるのですか？」

新之助が訊くと、

「さぁ、どうしてなんですかねぇ……」

半睡は煙に巻くような答え方をした。

そして、胸の内で、

（こりゃぁ、もう一度、おしまと留三に会って確かめなきゃ収まりがつかねぇでしょうが……）

と、つぶやいていた。

次の日、半睡が留三の長屋にいくと、留三は寝込んでいた。

その傍らで、おしまが甲斐甲斐《かいがい》しく留三の看病をしていた。

「これは、ぼっちゃん……」

戸を開けて入ってきた半睡を見た留三は、布団から体を起こした。

少し見ない間に、ますますやせ細って、顔に死相が出ているように思えるほど、具合が悪そうだった。

「そのまま寝ててくれ」

半睡は、布団から出て挨拶《あいさつ》をしようとしている留三を慌てて制した。

「留三、おまえさんを見れば、だれだって、重い病にかかっているとわかるでしょうに。いってぇ、どこが悪いのかね」

「へい。実は胃の腑《ふ》に質《たち》の悪いしこりがあるってこってす……」

布団のあたりを何気なく見渡すと、血のついた布がいくつも丸められて、それを包んでいる大きめの布があった。

「血を吐くまでになっているのかね」

留三とおしまの両方を見ながら訊くと、

「はい。ここ二、三日は特に……」

おしまは、か細い声で答えた。

「あっしもそう永くはねぇみてぇです……ところで、ぼっちゃん、今日は何用で？」

留三がかすれた声で訊いた。

「うむ。昨日、佐平次が拷問死しましてね」

半睡がいうと、留三とおしまは目を丸くして驚き、留三はばね仕掛けの人形のように上半身を起こすと、

「ぼ、ぼっちゃん、それはほんとうですかい？……」

といったかと思うと、急に激しく咳き込み出し、ぶぉっと妙な音を立てて、大量の血を吐いた。

「医者だ。医者を呼んでこいっ」

半睡は、なおも咳き込んで血を吐いている留三を横向きに寝かしつけ、口に布を当てさせて、おしまにいった。

「は、はいっ。おとっつぁん、しっかり。すぐに良庵《りょうあん》先生を呼んでくるからねっ」

おしまはいいながら、草履をつっかけて外に飛び出していった。

「――ぼっちゃん……」

留三は、ぜいぜいと苦しそうに息をしながらいった。

「なにもしゃべらねぇほうがいいでしょうが」

半睡がそう力なくいっても、

「ぼっちゃんは……おしまが……おすずだとわかっているんでしょ……」

といった。

「………」

「ぼっちゃん、そのとおりでさ……しかし、おしまを……殺したのは、このあっしで……おすずはなにもしてねぇんですよ……」

留三は、また血を吐いた。それでも話をやめようとはしなかった。

そして、半睡も留三が話すのをもはや止めようとはしなかった。

「ひと月ほど前の夜ことでさ……」

留三は、おしまが突然、家に帰ってきて、自分が『辰巳屋』に嫁ぐと言いだし、その場にいっしょにいたおすずに一刻ほど外にいっていろといった夜のことを語り出した。

九

「おしま、おめぇが『辰巳屋』に嫁ぐたぁ、いってぇ、どういう了見でいってるんだ？」

おすずが出ていくと、留三はずいっとおしまににじり寄って訊いた。

「元岡っ引きのおとっつぁんなら、もうお見通しだろ？」

「おめぇ、あの佐平次ら、悪い仲間とつるんで押し込みの手引きでもおめぇにさせるつもりなんじゃ……」

留三は、ぞっとした顔つきになって問い質《ただ》した。

すると、おしまは顔を伏せて忍び笑いを漏らした。

「一度、ああいう者たちの仲間に入っちまったら、抜け出せないのさ。仕方ないじゃないか」

おしまは、小馬鹿にした笑みを浮かべている。

「てめぇ、なんだって、こんなあばずれになっちまったんだっ。二十年前、おすずじゃなく、てめぇを里子に出しゃぁよかったっ。そうしてりゃあ、おすずが苦労することもなかった」

　留三は、おしまに飛びかかり、激しくおしまの頬を手のひらで打った。その目には涙が浮かんでいる。

　おしまはおしまで、打たれながら泣き声を混じらせて悪態をつきつづけた。

「厳しくしつけりゃ、いい子に育つって決まってるわけじゃないんだっ。何が岡っ引きの親に恥をかかせるような真似はするなだっ。おとっつぁんは、なんかっていうと、そればっかりじゃないかっ」

「黙れっ、黙れっ。なんでもかんでもおれのせいにしやがってっ。てめぇの根性はどこまでひねくれ曲がってやがるんだっ」

　留三は、おしまの襟首《えりくび》をつかんで、何度も何度も平手でおしまの頬を打ちつづけた。

　さすがに耐えられなくなったおしまは、言葉にならない悲鳴のような声を上げて、留三の手を払いのけると、土間のほうに走って逃げた。

「待ちやがれっ、このあまっ！……」

　逃すものかと留三が、おしまの着物の袖を摑みかけると、おしまは足を滑らせて体勢を崩し、仰向けになって宙を仰ぐようにして背中から土間に倒れ込んだ。

「あっ！」

という留三の声と、ドスンというおしまが土間に打ち付けられるように落ちた鈍い音が、同時に聞こえた。

「お、おいっ、おしま……」

土間で仰向けになって倒れているおしまは、留三が体をいくら揺すっても、目をかっと開けたまま、ぴくりとも動かなくなっていた。

それからの留三の行動は機敏だった。外に出ると、夜の闇に紛《まぎ》れて近くの材木商の横道に置いてあった大八車をそっと引き、長屋の木戸の前に置いた。

そして、家に戻って死んでいるおしまをおんぶしてくると、大八車に積んで莫蓙を被せて、暗闇の道を引いていった。

留三の心のうちに感傷も雑念も消え失せていた。ただひたすら運ぶという意識だけが、はっきりしていた。

足を引きずるようにして歩く五十をとうに過ぎた留三に、どうしてそんな力が残されていたのかわからない。

留三は、人気《ひとけ》のない道をただがむしゃらに大川沿いの空き地を目指して、走り急いだ。

やがて、大川沿いの空き地に着いた。留三は引けるところまで足を踏ん張って、大八車を引いていった。

そして、ここまでといわんばかりに大八車の車輪が動かなくなったところで、留三はおしまを引きずるようにしておろした。

そのあと、留三は河原までいき、両手で持ち上げられる程度の重さの石を探し、それを手に取ると、おしまのもとに戻り、石を持った両手を振り上げて、おしまの顔をめがけて打ち下ろした。何度も何度も何度も――。

十

おしまが、かかりつけの医者の良庵を連れて長屋に戻ってきたとき、留三はすでに事切れていた。

「つい、さっき、息を引き取った――」

手首に人差し指と中指を当てて、脈を取っている良庵に向けて半睡がいうと、

「南無阿弥陀仏……」

良庵はつぶやくように小さな声でそういい、脈を取るのをやめ、

「それではわたくしはこれで――」

といって立ち上がり、留三の家から出ていった。

「おとっつぁん……おとっつぁん！……」

おしまは、そう叫ぶようにいうと、留三にむしゃぶりついて声を上げて泣きつづけた。

「喪《も》が明けたら、すぐに『辰巳屋』に嫁ぐようにというのが、おとっつぁんの最期の言葉だった……」

おしまの泣き声が嗚咽に変わり、その嗚咽も小さくなって収まったのを見計らって、半睡がいった。

「…………」

おしまは、放心状態だった。

「おれは、用が済んだから、これで引き上げるが、あとはひとりで大丈夫かね。おすず」

「――え？」

おしまは、はっと我に返って、半睡を見た。

すると、半睡は、おしまの両肩に両手を置き、

「今わの際に、留三がすべて白状した。おしまに手を下したのは自分で、おすずはなんにもしていないし、自分は詳しいことはなにも伝えていないが、おすずは知っているはずだと——そうでしょうが」

ぜいぜいと苦しそうな息をし、時折、血を吐きながらも、留三は最期の力を振り絞るようにして、おしまを殺した経緯を半睡に語り切った。

そして、最期の最期に、留三はいった。

『ぼっちゃん、おすずに伝えてください……苦労をかけさせて、ほんとうにすまなかった……許してくれ。そして、頼むから『辰巳屋』に嫁いで、いっぱい幸せになってくれ……そう、おとっつぁんは最期にいって死んでいったと——』

半睡から留三の最期の言葉を聞いたおすずの目から、大粒の涙が溢《あふ》れだした。

そんなおすずに、半睡は、

「いいかね、おす、いや、おしま——あんた、幸せになっていいんだよ。いや、ならなきゃいけねぇでしょうに。辛《つれ》ぇ昔のことなんざ、きれいさっぱり忘れて、おとっつぁんのためにも、おしまのまま、必ず幸せになるんだ。子供は親のいうことをきかなきゃいけねぇでしょうが。さ、約束でしょうに？——」

半睡はそういうと、おしまの両肩に置いていた右手を離して、おしまの目の前に小指を差し出した。

「――はいっ……」

おしまは、目に涙をいっぱい浮かべて、半睡の小指に自分の小指をからませた。

「うむ」

半睡は、にこっと笑うと、指を離して土間に向かった。

そして、外に出て、うしろ手で戸を閉めたとき、ふたたび、おしまの嗚咽が聞こえてきた。

それは、半睡が長屋の木戸を出てもしばらくの間つづいていた。

コスミック・時代文庫

ふうらい同心《どうしん》 日暮半睡《ひぐらしはんすい》

2023年11月25日　初版発行

【著 者】
西川《にしかわ》 司《つかさ》

【発行者】
佐藤広野

【発 行】
株式会社コスミック出版
〒154-0002 東京都世田谷区下馬 6-15-4
代表　TEL.03(5432)7081
営業　TEL.03(5432)7084
　　　FAX.03(5432)7088
編集　TEL.03(5432)7086
　　　FAX.03(5432)7090

【ホームページ】
https://www.cosmicpub.com/

【振替口座】
00110-8-611382

【印刷／製本】
中央精版印刷株式会社

乱丁・落丁本は、小社へ直接お送り下さい。郵送料小社負担にて
お取り替え致します。定価はカバーに表示してあります。

ISBN978-4-7747-6515-0 C0193

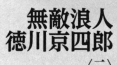

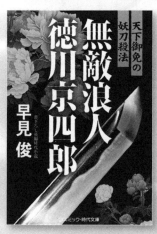

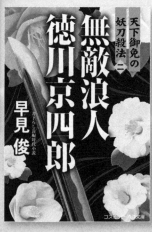